AF889875

अपनी आवाज़ को हम अपने
गले में से निकालकर
अपने हाथों में पकड़ लेंगे—
आवाज़ को एक कैंची बना
लेंगे, और फिर...
फिर एक दिन वक़्त की
जेब कतर लेंगे...

हिन्द पॉकेट बुक्स

अमृता प्रीतम

हिन्द पॉकेट बुक्स
भारत की सर्वप्रथम पॉकेट बुक्स

उत्कृष्ट साहित्य का प्रतीक
सुन्दर • सुरुचिपूर्ण • सरल

जेबकतरे (उपन्यास)

आवरण एवं अन्तर्सज्जा : इमरोज़
प्रथम संस्करण : 1997
पहला रिप्रिंट : 2008
दूसरा रिप्रिंट : 2011
तीसरा रिप्रिंट : 2012
प्रकाशक : हिन्द पॉकेट बुक्स प्राइवेट लिमिटेड
जे-40, जोरबाग़ लेन, नई दिल्ली-110003
टाइपसेटिंग : कम्प्यूटेक सिस्टम, दिल्ली-110032
मुद्रक : यश प्रिंटोग्रॉफिक्स, बी-123, सेक्टर-10, नोएडा-201301

JEBKATRE (Novel)
By Amrita Pritam

ISBN 13: 978-81-216-0730-8
ISBN 10: 81-216-0730-2
97/12/04/10/09/CS/DE/YP/YP/OP075/NP095

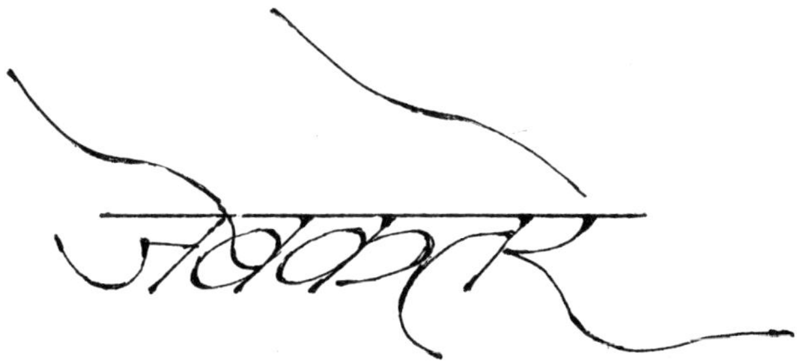

कुत्ता बैठता नहीं था।

लगता था, मुझे चाय का प्याला बीच में ही छोड़कर मेज़ पर से उठना पड़ेगा।

कुत्ता बैठता नहीं था।

लगता था, हाथ में पकड़ी किताब और नहीं पढ़ सकूंगा। इस किताब को इसी तरह कुर्सी पर रखकर, मुझे कमरे से बाहर जाना पड़ेगा।

कुत्ता बैठता नहीं था।

पता था, अभी सुबह नहीं हुई, पर फिर से नींद नहीं आ सकती थी। इसलिए लगा, बिस्तर से उठना पड़ेगा।

कुत्ता बैठता नहीं था।

मुझे मालूम था, होटल में सीट नहीं मिल रही, बाहर कमरा लेकर रहना बहुत महंगा पड़ेगा, पर लगा, फौजी चाचा जी के घर रहने से कुछ भी अच्छा था...

सिट डाउन...सिट डाउन...सिट डाउन...मेरे फौजी चाचा जी अपने कुत्ते को एक दिन में एक हज़ार बार यह कहते थे, पर कुत्ता बैठता नहीं था।

'सिट डाउन' यह एक लफ्ज़ नहीं था, बर्फ वाले पानी की एक बूंद थी, जो छः महीने से टप-टप मेरे सिर पर गिर रही थी, और मेरा सिर सुन्न होता

जाता था...

उस दिन कालेज में छुट्टी थी, पर मेरा कमरे में बैठना, सचमुच कुत्ते के बैठने से संबंधित था। चाचा जी सुबह से अपना पाठ पढ़ रहे थे, पर कुत्ते की ज़ात...वह चाचा जी के पाठ का कोई शब्द नहीं सुन रहा था।

'यह कहीं बहरा न हो, चाचा जी। इसे किसी हस्पताल में दिखाइए'—मैं कहने लगा था, पर कहा नहीं।

चुपचाप घर से बाहर निकल पड़ा। सिर्फ सोच रहा था, अगर कहीं चाचा जी की बदली इस शहर में न हुई होती ! अच्छा-भला तीन साल से होस्टल में रह रहा था। चाचा जी की बदली हो गई, उन्हें मुफ्त सरकारी कोठी मिल गई, और उन्हें भतीजे पर प्यार आ गया कि लड़का होस्टल की सड़ी हुई रोटियां क्यों खाए ! बेशक घर में कोई चाची परांठे पकाने वाली नहीं थी, पर चाचा जी को मुफ्त मिले हुए अर्दली का भी तो पूरा लाभ उठाना था। उसके रोटी पकाने का क्या फायदा अगर मैं होस्टल में पैसे देकर रोटी खाता रहा। सो उन्होंने मेरे बाप को खत लिखा और मुझे होस्टल में से निकलवाकर यहां ले आए...

मेरे कानों के पास ज़ोर से हार्न बजा, एक गाड़ी रुकी और रूबी ने गाड़ी का शीशा खोलकर मेरे कंधे की ओर बांह फैलाई।

"चलो बैठो गाड़ी में, कालेज जा रहे हो ?"

"नहीं, कालेज में छुट्टी है।"

"काहे की छुट्टी ?"

"तेंतीस करोड़ देवता हैं, उनमें से किसी का जन्म-दिन होगा..."

रूबी ने मेरी खीझ पहचान ली, और मेरी बांह पकड़ मुझे गाड़ी में बिठा लिया। वह पिछले साल तक मेरे साथ पढ़ता था, पर उसके बाप को कालेज के पांच साल पचास हज़ार रुपये खोने की तरह लगे थे। वह काफी रईस था,

उसने दलील दी थी कि देश में पहले ही पच्चीस हज़ार इंजीनियर बेकार फिरते हैं, बेकारों की और गिनती बढ़ाने से क्या फायदा ! इसलिए रूबी ने कालेज छोड़ दिया था और अपने ठेकेदारी के काम में लग गया था।

"यू आर लकी[1]..." रूबी ने गाड़ी चलाते हुए कहा तो मुझे लगा जैसे उसने मुझे गाली दी हो। मैंने घूरकर उसकी तरफ देखा।

"यह कालेज वाली ज़िंदगी फिर सारी उमर नहीं आ सकती...आई मिस माई होस्टल लाइफ[2]..."

"आई आल्सो मिस[3]..." मेरे मुंह से निकला।

"तुम होस्टल में नहीं रहते ?" रूबी ने मुझसे पूछा।

मैंने उसे चाचा जी की बदली वाली बात बताई। कुत्ते वाली बात छिपा ली। सिर्फ कहा, "अगर कहीं होस्टल में मुझे फिर सीट मिल जाए !"

"मिड[4] टर्म में नहीं मिल सकती, पर नए टर्म के वक्त मिल जाएगी।"

"नई टर्म में अभी कई महीने पड़े हैं।"

रूबी की यही बात मुझे सबसे अच्छी लगती है—वह, जितनी बात उसे समझ में आए समझ लेता है, बाकी की पूछता नहीं।

"बाहर कोई कमरा किराए पर क्यों नहीं ले लेते, नए टर्म तक ?" उसने कहा। उसने इतना समझ लिया था कि मैं चाचा जी के पास नहीं रहना चाहता था और यही काफी था।

"अगर कोई कमरा मिल जाए, बहुत महंगा न हो।"

रूबी चुप रहा। पता नहीं क्या सोचता रहा। फिर अचानक कहने लगा,

---

१. तुम भाग्यशाली हो।

२. मैं तो होस्टल की ज़िंदगी से वंचित हूं।

३. मैं भी वंचित हूं।

४. बीच।

"तुम्हें भूतों से डर तो नहीं लगता ?"

मुझे नहीं मालूम, उसने यह क्यों पूछा था, पर मुझे हंसी आ गई। मुंह से निकल गया, "अगर वे चुप रहें तो डर नहीं लगता। सिर्फ उन्हें यह न कहना पड़े कि सिट डाउन..."

रूबी हंसने लगा, पता नहीं क्यों, और कहने लगा, "वे इतने चुप रहेंगे कि तुम्हें उनकी चुप से खौफ आएगा।"

"बिल्कुल नहीं," मैं कह रहा था, रूबी ने बात काट दी, "अच्छा फिर देखते हैं।"

रूबी ने गाड़ी घुमाई, और कुछ दूर जाकर एक बड़ी सुनसान हवेली के आगे खड़ी कर दी।

हवेली का गेट खुला था। खुला नहीं कहना चाहिए, गेट ही नहीं था, मालूम नहीं कब का टूटा हुआ था। एक तरफ बड़े-बड़े पेड़ थे, बाकी कोई हज़ार गज़ में पता नहीं क्या झाड़-झंखाड़ उगा हुआ था। ईंटों की एक पगडंडी गोल-सी बल खाकर आगे की तरफ जाती हुई दिखाई देती थी। इस पगडंडी पर कोई सौ फुट चलने के बाद हवेली का बरामदा था। बरामदे से आगे बड़ा हाल और इर्द-गिर्द छः-सात कमरे। कमरों में दरवाज़े लगे हुए थे, पर कुंडियां सिर्फ एक-दो दरवाज़ों की बची हुई थीं। दो-एक कमरों के दरवाज़े भी एक ही पट रह गए थे, जो हवा से खुद ही भिड़ जाते थे, खुद ही चीखकर खुल जाते थे। वैसे हाल का फर्श इटैलियन टाइलों का था, तीन इंची टाइलों का।

"दूसरी मंज़िल पर इतने ही कमरे हैं, और उससे ऊपर मैंगलोर टाइलों की छत। बोलो, यहां रहकर डरोगे तो नहीं ?" रूबी हंसने लगा।

"पर माबदौलत ! यह शहंशाही है किसकी ?" मुझे भी हंसी आ गई।

"अगर तुम यहां आकर रहो तो सारी तुम्हारी।"

"मेरी ?"

"सिर्फ हजूर के दरबार में दरबारी कोई नहीं होगा। कुछ सांप-संपोलिए

बेशक हों...''

यह शहंशाही मुझे मंजूर थी। पता लगा कि यह सवा सौ साल पुरानी हवेली रूबी के बाप की थी। और छः महीने में इसे डिमालिश करना[1] था, पर अभी छः महीने यह इसी तरह रहनी थी।

''मुझे छः महीने का शहंशाह बनना मंज़ूर है...'' मैं हंसने लगा।

देखा, रूबी कुछ सोच रहा था।

मेरा ख्याल था वह अपने बाप से इसकी इजाज़त लेने के बारे में सोच रहा होगा, पर उसने बाहर आकर फिर गाड़ी स्टार्ट की, और हमारे होस्टल की तरफ मुड़ते हुए कहने लगा, ''तुम विनोद और अशोक को जानते हो ?''

''आर्ट्स वाले दोनों ?''

''हां, वे बड़ी देर से होस्टल के बाहर रहने की सोच रहे हैं, मुझे पहले यह ख्याल ही नहीं आया। वे भी दोनों अगर यहां तुम्हारे साथ आकर रहें...''

रूबी का सोचना ठीक था। यह मुझे इतना दिन के वक्त पता नहीं लगा था, जितना रात के वक्त। क्योंकि इस हवेली में बिजली नहीं थी, और रात को मोमबत्तियों की हिलती हुई परछाइयां ने सोने देती थीं, न जागने।

बाज़ार से खरीदने वाली चीज़ सिर्फ एक ही थी—झाड़ू (मोमबत्तियों का ध्यान हमें बाद में आया था)। उस वक्त अशोक और विनोद को साथ लेकर जब हम लौटकर हवेली में आए, अशोक झाड़ू पकड़कर खुशी से नाच रहा था और रूबी को बार-बार कह रहा था—ह्वाट ए ब्रिलियंट आइडिया[2]...

चाचा जी का घर ज़रा दूर था, पर होस्टल नज़दीक था, सबसे पहले अशोक और विनोद का सामान लाया गया। उन्होंने अपनी पूरी-अधूरी पेंटिंग्ज़ हाल में इस तरह से सजाईं कि हाल एक आर्ट गैलरी की तरह लगने लगा।

मैं जब अपना बिस्तर और किताबें लाने के लिए चाचा जी के घर गया,

---

१. गिराना।

२. क्या गज़ब की सूझ...

मेरे तीनों दोस्त मेरे साथ थे। चाचा जी का कुत्ता अजनबी शक्लों को बिल्कुल बरदाश्त नहीं करता था, वह मेरे दोस्तों पर लपक-लपककर भौंक रहा था, और मैं चाचा जी से कह रहा था, "वहां अपने क्लासफैलोज़[1] के साथ रहकर मेरी पढ़ाई अच्छी होगी, इसलिए चाचा जी..."

चाचा जी शायद इस बात की वजह से सोच में डूबे हुए थे कि उनका भाई क्या कहेगा...शहर में चाचा का घर हो और लड़का बाहर रहे...और मैं उनको तसल्ली दे रहा था कि यह मेरी पढ़ाई के लिए ज़रूरी था...

कुछ शायद इसलिए कि मैं क्लासफैलोज़ वाली बात झूठी कह रहा था, क्योंकि मैं इंजीनियरिंग का स्टूडेंट था और वे दोनों आर्ट्स के, और इसलिए मेरी आवाज़ में पूरा ज़ोर नहीं था, या इसलिए कि कुत्ता लगातार भौंक रहा था, और चाचा जी बीच-बीच में उसे डांटकर कह रहे थे—शट-अप[2] ! और उन्हें मेरी बात पूरी तरह समझ में नहीं आ रही थी।

"अच्छा, जैसा तुम ठीक समझो..." आखिर चाचा जी ने कहा।

मैंने बिस्तर लपेटा। किताबें संभालीं। अपनी गिटार उठाई। मेरे दोस्त मेरी चीज़ों को रूबी की गाड़ी में रख रहे थे। कुत्ता अभी भी भौंक रहा था, और चाचा जी उसे शट-अप...शट-अप...कहते थक गए लगते थे, क्योंकि फिर उनकी बड़ी थकीहारी-सी आवाज़ आई, वे कुत्ते से कह रहे थे, "प्लीज़ ! शट-अप।"

एक बार मुझे ऐसे लगा, जैसे वे कुत्ते को नहीं, मुझे मेरे झूठ बोलने पर कह रहे हों—प्लीज़ ! शट-अप...

१. सहपाठियों।
२. चुप रहो !

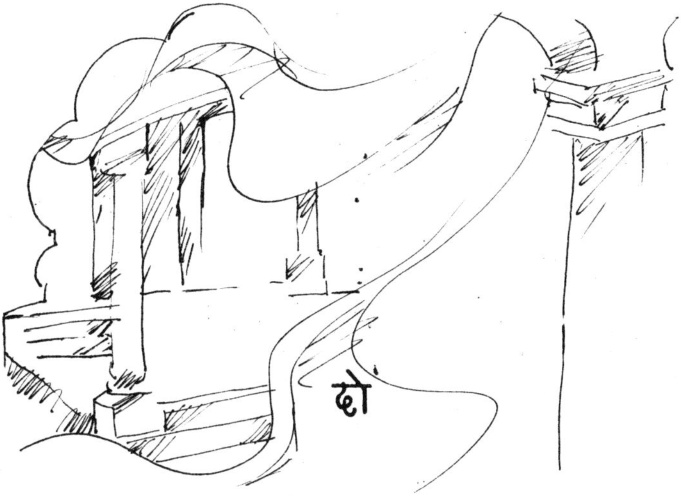

दो

विनोद और अशोक दोनों ने अपने बिस्तर हाल में लगाए थे--

एक ने एक कोने में, दूसरे ने दूसरे कोने में। मैंने साथ वाले छोटे कमरे को अपना कमरा बना लिया।

बहुत रात तक मोमबत्ती जलती रही, पर उसे जलता हुआ छोड़कर सोया नहीं जा सकता था। आखिर बुझा दी।

मालूम था, पेड़ों की और झाड़-झंखाड़ की सरसराहट आएगी, पर उससे भी अलग कुछ अजीब आवाज़ें आ रही थीं। शायद नींद-सी आ गई थी, कि लगता था, अभी कोई बाहर वाले बरामदे में से गुज़रा है। पांवों की आवाज़ नहीं आती थी, सिर्फ दरवाज़े खुलने और भिड़ने की आवाज़ थी।

पता था, दरवाज़ों की कुंडियां नहीं थीं, इसलिए हवा से वे खुद ही खुल रहे थे और खुद ही बंद हो रहे थे। दो-तीन बार बुझी हुई मोमबत्ती को मैंने जलाया। कुछ देर जलाए रखता, फिर बुझा देता। एक बार लगा--माचिस की तीलियां खत्म हो गई थीं, सिर्फ एक ही बाकी रह गई थी। इसलिए फिर मोमबत्ती नहीं जलाई। बची हुई तीली को 'इमरजेंसी'[१] के लिए संभाल रखा।

---

१. आपत्काल।

कल ज़रूर एक बैटरी लूंगा, मैंने सोचा, और सोने की कोशिश करते हुए मुझे ख्याल आया, कल जब रूबी आकर हाल पूछेगा तो उससे कहूंगा, 'रात को इस तरह कुछ आवाज़ें आती रहीं जैसे पिछले जन्म में से आ रही हों...'

अपने फिकरे पर मुझे खुद ही हंसी आ गई, फिर पता नहीं किस वक्त नींद आ गई।

मेरी नींद एक चीख सुनकर खुल गई। पहले तो आवाज़ पहचानी नहीं गई, फिर ख्याल-सा आया, यह अशोक की आवाज़ थी। चीख दूसरी बार नहीं आई। यह भी ख्याल आया, शायद मैंने कोई सपना देखा था। बिस्तर में से निकलकर मैं अशोक और विनोद को देखने हाल के दरवाज़े में चला गया।

अशोक हंस रहा था। उसके हाथ में झाड़ू था। पर वह झाड़ू से फर्श नहीं साफ कर रहा था, सिर्फ उसे पकड़कर खड़ा हुआ था, और हंस रहा था।

आई एम फ्लर्टिंग विद माई फियर।''[१] अशोक ने मेरी तरफ देखकर कहा।

चीख सचमुच अशोक की थी, विनोद ने बताया। वे दोनों रात मुझसे पहले सो गए थे, इसलिए जल्दी जाग गए थे। अशोक पर 'आर्ट-गैलरी' वाली बात इस तरह छाई हुई थी कि सुबह होते ही वह झाड़ू लेकर दीवारें पोंछने लगा था। कोनों में रह गए जालों की तरफ देखते हुए जब उसने एक दीवार की खुली खिड़की की तरफ देखा था—सामने एक भयानक शक्ल थी, और अशोक की चीख निकल गई थी।

पता लगा—पुरानी उजड़ी हुई हवेली में, रात की मोमबत्तियों की रोशनी ने, कोठी के आबाद होने की खबर दे दी थी, और एक बूढ़ी मरियल-सी औरत सफाई का काम पूछने के लिए सुबह-सुबह आ गई थी, और खिड़की में से अंदर झांकती किसी से बात करने की सोच रही थी...

यह फ्लर्टेशन खत्म नहीं हुई, 'फियर' एक हालत की तरह हमारा और उस हवेली का हिस्सा बन गया था। बैठे-बैठे हममें से किसी-न-किसी के मुंह से अचानक ऊंचे से निकल जाता था—कौन है ? लगता था, अभी कोई इस अंदर

१: अपने भय का भूत भगा रहा हूँ।

वाले दरवाज़े के पीछे था, अभी-अभी अलमारी की ओट में हो गया है...

हवेली में बिजली के तारों की फिटिंग नहीं थी, इसलिए बिजली का कोई सवाल नहीं पैदा होता था। अशोक ने एक चुस्ती की थी, पर तीन रातों से ज़्यादा वह काम नहीं आई। वह बाहर वाली सड़क के बिजली के खंभे से तार जोड़कर हवेली में सीधे बिजली खींच लाया था, पर चौथे दिन ही कार्पोरेशन वालों ने वह तार देख लिया था और काट दिया था, क्योंकि वह गैर-कानूनी था।

सो रोशनी गैर-कानूनी थी। हम कानूनी अंधेरे में फिर फियर से फ्लर्ट करने लगे थे...

सिर्फ फियर से नहीं, हंगर[१] से भी। चाय का ढाबा भी हवेली के ज़्यादा नज़दीक नहीं था। वक्त-बेवक्त जब भूख लगती, ढाबे पर जाने से, वहीं कमरे में बैठना आसान लगता, और एक को ऐसे बैठा देखकर दूसरे के मुंह से ज़रूर निकल जाता—सो यू आर फ्लर्टिंग विद हंगर...[२]

हवेली का गुसलखाना बहुत बड़ा था, पर था एक ही। और उसमें एक खास नुक्स यह था कि पानी की टूंटी बिल्कुल दीवार से लगी हुई थी, और वह भी ज़मीन से ज़्यादा ऊंची नहीं। उसके नीचे बैठकर नहाया नहीं जा सकता था और मग में पानी भर-भरकर नहाते देर लगती थी। पानी वैसे भी सारा दिन नहीं रहता था। सोचा—अगर एक टब हो तो पानी भरकर जमा कर लिया करें। पर टब खरीदने लायक पैसे किसी के पास नहीं हैं।

इस बार विनी को एक ब्रिलियंट आइडिया सूझा (विनोद को अब हम विनी कहने लगे थे), कि आर्ट फैकल्टीज़ के एक स्टोर में एक टब पड़ा हुआ था, जिसे कभी कोई इस्तेमाल नहीं करता था। स्टोर असल में एक कबाड़खाना-सा था, जिसपर कोई ताला नहीं लगा हुआ था। वैसे रात के वक्त बाहर एक पहरेदार ज़रूर हुआ करता था, पर विनी का ख्याल था कि अगर हम पहरेदार की आंख बचाकर, तीनों रात के वक्त वहां जाएं, तो टब उठाकर ला सकते थे।

''लेट अस फ्लर्ट एलिटल विद थेफ्ट...'' विनी ने कहा था, और हम तीनों

१. भूख।
२. तो तुम अपनी भूख को बहका रहे हो...

एक रात इसके लिए तैयार हो गए थे।

अंधेरा...पहरेदार...खौफ...और टब का भार...हम तीनों पसीना-पसीना हो गए थे, पर टब हमारे गुसलखाने में आ गया था।

"वाटर...स्वीट वाटर..."[1] अशोक का गीत अभी उसके गले में ही था कि हमें पता चल गया—टब ने हमसे बेवफाई की थी।

कम्बख़्त टब चूता था।

दूसरे दिन हमने लुक लाकर टब को खूब मला, उसका मुंह-सिर काला हो गया, पर उसके सूराख बंद नहीं हुए। हमारा सारा प्लान बेकार हो गया था। फिर वही छोटा-सा मग, और वही आधा सूखा और आधा गीला गुसल। एक कोई गुसलखाने में होता, दूसरा बाहर से आवाज़ देता—सो यू आर फ्लर्टिंग विद वाटर...

कालेज पहुंचने से पहले ढाबे पर भी जाना होता था। कई बार भागकर पहुंचना पड़ता था। कालेज वाली सड़क पर कई और मिल जाते, हमें बेतहाशा भागते देखकर हंस पड़ते, पर हमने अपना एक टर्म बना लिया था, हम जवाब देते—वी आर फ्लर्टिंग विद टाइम...

बातचीत का यह टर्म हमें बड़ा रास आया था। अशोक असल में एक मशहूर पेंटर का लड़का था, उसके लिए इस लाइन में कुछ-न-कुछ भविष्य था। बाप की शोहरत से उसे कुछ बनी-बनाई 'ज़मीन' मिल जानी थी, उसका 'वन मैन शो' भी आसानी से अरेंज हो जाता था, पर विनी को किसी तरफ से कोई सहारा नहीं था, उसे डिप्रेशन[2] के फिट से पड़ते थे। पर बातचीत का यह टर्म उसे भी अच्छे मूड में ले आता था। वह रंग घोलता, कैनवस सामने रखता, कैनवस अच्छी पेंट न होती, तो भी वह कह सकता—आई एम फ्लर्टिंग विद दि फ्यूचर...

---

१. पानी...मीठा पानी...

२. निराशा।

असल में यह सिर्फ विनी की नहीं, हम सबकी हालत थी। हम सब अपने-अपने फ्यूचर से फ्लर्ट कर रहे थे...

देश में पच्चीस हज़ार बेकार इंजीनियर—यह हकीकत मेरे और मेरे भविष्य के बीच काली दीवार की तरह खड़ी हुई थी और मैं जैसे इस दीवार के ऊपर से, दूसरी तरफ अपने भविष्य की ओर झांक रहा था। ऐसी दीवार तोड़ी नहीं जा सकती...दीवार के ऊपर से छलांग भी नहीं मारी जा सकती...फिर दूर-दूर से भविष्य की तरफ देखना फ्लर्टेशन नहीं तो और क्या था...

पिछली बार मुझे अपने एक पेपर के बारे में कुछ शक था। इतना भर पता था कि अगर एक पेपर अच्छा न हुआ तो मैं अक्तूबर में फिर इस एक पेपर का इक्ज़ाम[१] दे सकूंगा...और अक्तूबर में भी मैं उसे क्लियर[२] न कर सका तो अगले मार्च में करूंगा। पूरी तसल्ली के लिए मैंने एक दिन नलिन सूरी से पूछा था। पता लगा था कि वह पिछले तीन साल से दो पेपरों के लिए इसी तरह की जद्दोजहद कर रहा था। मेरे पूछने पर उसने विस्तार से बताया—"बेटा, फिकर न कर, एक चांस इस अक्तूबर में, फिर अगला चांस अगले मार्च में, फिर अगला चांस अगले अक्तूबर में, फिर अगला चांस..." और फिर वह ज़ोर से हंसते हुए कहने लगा, "इससे ज़्यादा सलाह लेनी हो तो मेरे सीनियर स्टाफ मेंबर्ज़[३] को कन्सल्ट[४] कर—सुरेन्द्र, तापन, अजय..." पता लगा इन सबको आठ-आठ, नौ-नौ साल हो गए थे, इंजीनियरिंग का कोर्स खत्म करते। इनमें से एक का इसी हालत में विवाह भी हो गया था, और बच्चा भी।

ये जवानी के बर्बाद होते हुए साल...मां-बाप का पैसा...और फिर यह खबर कि मुल्क में पच्चीस हज़ार इंजीनियर बेकार...सचमुच हम सब अपने-अपने भविष्य से फ्लर्ट कर रहे थे, सिर्फ कोई कम डेस्पॅरेटली[५] और कोई ज़्यादा डेस्पॅरेटली।

---

१. परीक्षा।
२. पार।
३. बड़े साथियों।
४. विचार-विमर्श।
५. निराशापूर्वक।

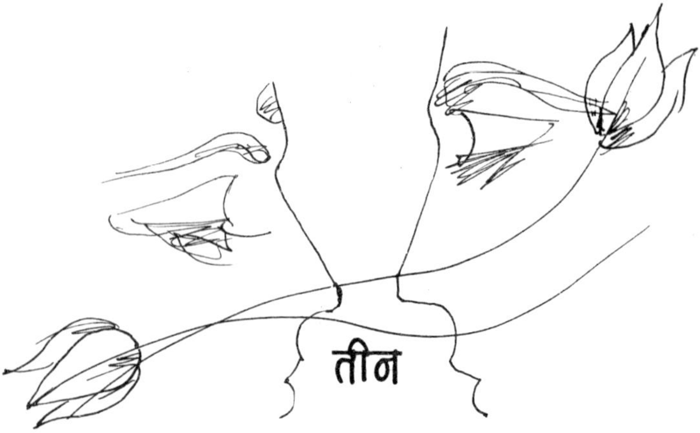

तीन

अचानक एक अजीब घटना घट गई—एम. ए. फाइनल की एक लड़की सविता का अपने क्लासफैलो रवि से विवाह हो गया।

विवाह किया नहीं, करना पड़ गया।

सविता की रवि से दोस्ती थी, साधारण दोस्ती। इस दोस्ती की पतली-सी पगडंडी पर एक दिन अचानक विवाह की गुफा आ जाएगी और उन्हें उस गुफा में पनाह लेने के अलावा और कोई चारा नहीं रह जाएगा, यह उन्हें मालूम न था।

इस घटना में विवाह को एक मंज़िल की जगह, गुफा ही कहा जा सकता था...

गुफा के बाहर एक तरफ एक गहरी खाई थी—कालिज से दोनों के एक्सपैल[1] हो जाने की खाई, और दूसरी तरफ हाथों में लाठियां लिए खड़े हुए—सैडिस्टिक गार्जियंस आव अवर कल्चर[2]...

अगर दोनों एक्सपैल हो जाते, दोनों का कैरियर खत्म हो जाता। इत्तफाक

---

१. बहिष्कृत।

२. हमारी सभ्यता के निर्मम संरक्षक।

यह था कि दोनों इंग्लिश लिटरेचर के ब्रिलियंट स्टुडेंट थे। सो खाई में छलांग नहीं मारी जा सकती थी...

दूसरा तरीका यह था—कि यूनिवर्सिटी के जो भी अधिकारी थे, उन्हें सच्चाई और मिन्नत से मनाया जाता। पर इस हादसे में न सच्चाई किसी काम आई थी, न कोई मिन्नत और न मुआफी। इसीलिए उन अधिकारियों को हम अपने बंद होंठों में यह तो कह सकते थे—सैडिस्टिक गार्जियंस आव अवर कल्चर, पर मुंह खोलकर कुछ नहीं कह सकते थे...

सो तीसरी और आखिरी राह एक ही रह गई थी—कि सविता और रवि, जल्दी से भागकर विवाह शब्द की गुफा में घुस जाएं...

एक शाम हम कुछ लड़के और लड़कियां एक नहर के किनारे गए थे। सबके पास मिल-मिलाकर चार मोटरसाइकिल थीं, पर हम गिनती में दस थे। एक-एक मोटरसाइकिल पर हिसाब के अनुसार सिर्फ दो-दो बैठ सकते थे, पर बाकी दो को भी किसी तरह साथ ले जाने के लिए, दो मोटरसाइकिलों पर तीन-तीन बैठे। जाती दफा बड़ी ठीक तरह से पहुंच गए थे, पर आती दफा अंधेरा था। एक मोटरसाइकिल, जिसपर तीन बैठे हुए थे और जिनमें रवि भी था, उलट गया। लैग-गार्ड ने काफी बचाव कर दिया था, पर रवि के सिर में कुछ ज़्यादा चोट आ गई थी। बाकी दोनों के हाथों पर मामूली खराशें आई थीं। रवि होस्टल में नहीं रहता था, बाहर कमरा लेकर रहता था, इसलिए हम सब रवि को छोड़ने गए। रवि के सिर को पट्टी की ज़रूरत नहीं थी, पर उसके सिर में दर्द बहुत था—शायद अंदरूनी चोट थी। सविता उसकी क्लास-फैलो भी थी और हम सबसे ज़्यादा उसकी दोस्त भी, वह उस रात अपने होस्टल में वापस जाने की जगह, रवि की देख-भाल के लिए उसके कमरे में रह गई।

ईमान की बात थी—हममें से किसी को खतरे का ख्याल तक नहीं आया था। यहां तक कि सुबह जब सविता अपने होस्टल में गई तो वार्डन को अपनी रात की गैरहाज़िरी का कारण बताते हुए भी उसे कोई झूठ बोलने का ख्याल तक नहीं आया था।

वार्डन ने उसकी रिपोर्ट कर दी। और रिपोर्ट के जवाब में कहीं कोई सुनवाई

नहीं थी...

"वह बिल्कुल गैर लड़का था...यह सविता का भाई या कज़िन होता तो बात और थी, या वह सविता का मंगेतर होता तब भी और बात थी, पर वह बिल्कुल गैर लड़का था..." इस सवाल का क्या जवाब हो सकता था...

वह भाई नहीं हो सकता था, उसे अगर कुछ बनाया जा सकता था तो सिर्फ मंगेतर बनाया जा सकता था। सो जिस वक्त दोनों के एक्सपैल हो जाने की नौबत आ गई, तो दोनों को कहना पड़ा कि वे दोनों मंगनी कर चुके थे और शादी करने वाले थे।

पर अगर विवाह वाली बात को सिर्फ विवाह के इकरार तक ही रखा जा सकता...

नौबत यहां तक आ गई कि दोनों के माता-पिता को खत लिखकर अधिकारियों की तरफ से इस बात की तसदीक की जा रही थी, और यह तो पता ही था कि जब तसदीक हुई तो यह खबर गलत निकलेगी...

दोनों बालिग थे, इसलिए सिर्फ यह रास्ता रह गया कि दोनों जल्द से जल्द शादी कर लें, और जब तक मां-बाप इस खबर को गलत कहें, उससे पहले यह खबर ठीक हो चुकी हो...

इसके बिना, हममें से किसी को, कुछ नहीं सूझ रहा था। पर फिर भी घबराहट इतनी थी कि जल्दी से यह भी नहीं हो रहा था...

अधिकारियों की ओर से, दोनों के माता-पिता को खत जा चुके थे।

और फिर अचानक उससे भी अजीब हालत आ गई। सविता की एक सहेली ने देखा कि सविता के माता-पिता बड़े घबराए हुए, अपने शहर से चलकर, हमारे शहर, हमारी यूनिवर्सिटी में, सविता से मिलने आ गए थे। वे बाहर वेटिंग-रूम में थे कि सविता की सहेली ने भागकर अंदर सविता को खबर दी।

सविता को पता था कि वह अपने मां-बाप को किसी बात के लिए भी राज़ी नहीं कर सकेगी। शायद वे गुस्से में, उसी वक्त उसे वापस घर ले जाएं। वह कम्बख्त क्लास में इतनी ब्रिलियंट थी कि यूनिवर्सिटी में टॉप करने की सोच

रही थी। वह पढ़ाई छोड़ने के ख्याल से तड़प उठी। उसने अपनी सहेली को, सामने लड़कों के होस्टल में एक लड़के के पास भेजा कि वह बहुत जल्दी किसी तरह रवि को बुला लाए। रवि, और हम सब उसके दोस्त, किसी वक्त भी अचानक कोई खतरा आ पड़ने के ख्याल से सचेत थे। हम सब सामने होस्टल में ही बैठे हुए थे। जब इस हालत का पता चला तो हममें से एक भागकर टैक्सी ले आया। सविता होस्टल की पीछे वाली सीढ़ियों से उतरकर बाहर आई, और हम सब उसे टैक्सी में बिठाकर, किसी मंदिर में, किसी पंडित को ढूंढ़ने निकल पड़े।

पंडित ढूंढ़ लिया, पर उसने हमारी हालत को भांप लिया था। दोनों बालिग दिखाई देते थे, पर पंडित ने हालात को भांपते हुए हमसे विवाह करवाने के लिए डेढ़ सौ रुपये मांगे। अजीब फनी सिचुएशन[1] थी। न रवि के पास इतने पैसे थे, न सविता के पास। हम सबने अपनी-अपनी जेबें टटोलीं, और जो कुछ जिसकी जेब में था, निकालकर इकट्ठा कर लिया। डेढ़ सौ रुपये तो बन गए, पर हम पंडित के आगे इसलिए हाथ जोड़ रहे थे कि वह जल्दी करे।

पंडित को शायद पहले भी इस तरह की बातों से वास्ता पड़ चुका था, वह इत्मीनान से मुस्करा रहा था, और हवन की आग जला रहा था।

"पंडित जी महाराज ! हाथ जोड़ते हैं, जल्दी कीजिए।" हमने ऐसे हाथ अपने प्रोफेसरों के आगे भी जोड़े थे, पर किसी काम नहीं आए थे। खैर, अब पंडित के आगे जोड़े हाथ कुछ काम आ रहे थे...

पंडित को हम जैसों से जो वास्ता पड़ता रहा था, उसने उसको अज़ीब-सी अंग्रेज़ी सिखा दी थी। इस घबराहट में भी हम सब खिलखिलाकर हंसे बिना न रह सके, सविता सबसे ज्यादा, जिस वक्त पंडित ने कहा, "डोंट वरी, आई एम ए शार्ट-कट पंडित।"

संस्कार भी अजीब होते हैं। हम सब जहां इतना सब कुछ अनरवायती करने के लिए तैयार थे, वहां जब एक के मुंह से निकला, "सविता ने सफेद साड़ी पहन रखी है, लाल रंग की चाहिए थी," तो हम सब सफेद साड़ी का वहम करने

---

१. मज़ाकिया हालत।

लगे। बिल्कुल लाल रंग की तो नहीं पर सविता की एक सहेली ने लाल किनारी वाली साड़ी पहन रखी थी। हमने सविता से कहा कि वह अपनी सहेली से साड़ी बदल ले। सहेली ने साड़ी भी बदल ली और पर्स में से लिपस्टिक निकाल, उसके रंग से सविता के माथे पर बिंदी भी लगा दी। हममें से एक, सविता का धर्म-भाई बना, और उसने पंडित के कागज़ों पर बतौर गवाह दस्तखत किए—इसी तरह एक ने, रवि की ओर से गवाही भरी, और शुक्र मनाया जिस वक्त पंडित ने पंद्रह-बीस मिनट कुछ मंत्र पढ़ने के बाद, उन दोनों कागज़ों पर अपने दस्तखत किए, और एक कागज़ हमें पकड़ा दिया।

विवाह पूर्ण हो गया, अब सविता के मां-बाप से निपटना था। रवि की मां ज़िंदा नहीं थी, और बाप ने न यूनिवर्सिटी के खत का जवाब दिया था, न अभी तक खुद आया था, इसलिए अभी उसकी फिक्र नहीं थी; पर सविता के मां-बाप शहर में पहुंच चुके थे, और सोच रहे थे कि इस वक्त वे सविता को होस्टल में न पाकर ढूंढ़ रहे होंगे...

सविता को साथ लेकर हम सब रवि के कमरे में गए। विवाह का शगुन करना भी हम भूले नहीं थे। हममें से एक बाज़ार जाकर कुछ मिठाई ले आया, और हम रवि के कमरे में बैठकर रवि के स्टोव पर चाय बनाने लगे...

वैसे हम हर आहट पर चौंक उठते थे कि सविता के मां-बाप, ढूंढ़ते-ढूंढ़ते अभी यहां आए कि आए...

एक लड़का खबर लाया कि सविता की मां होस्टल में बैठी हुई थी और रोए जा रही थी और सविता का बाप बहुत गुस्से में था। उसने पूछताछ कर रवि का नाम और उसके बाप का नाम पता कर लिया था, और वह रवि को ढूंढ़ने से पहले उसके बाप को ट्रंककाल कर रहा था...

हम सविता और रवि के मुंह में मिठाई दे रहे थे। विवाह के शगुन भी कर रहे थे और घबराकर बार-बार खिड़की में से बाहर की ओर भी देख रहे थे कि कोई यहां पहुंचा कि नहीं...या रह-रहकर शादी का सर्टीफिकेट देख रहे थे कि वह साबुत हमारे पास है कि नहीं।

एक लड़के ने बहुत चुस्ती की थी। पंडित जिस वक्त हवन कर आग जला

रहा था, वह भागकर अपना कैमरा ले आया था, और उसने रवि और सविता की, पंडित और हवन की आग के समेत, कुछ तस्वीरें ले ली थीं। पता नहीं तस्वीरें बहुत अच्छी आई थीं कि नहीं, पर यह भरोसा था कि कुछ फीकी-गहरी आई ही होंगी...

एक लड़का यूनिवर्सिटी के दफ्तर में जाकर फिर खबर लाया कि सविता के बाप ने रवि के बाप को ट्रंककाल करके बड़े गुस्से में यह धमकी दी थी कि अगर उसके लड़के को उसके हाथों आज कुछ हो गया तो वह ज़िम्मेदार नहीं होगा।

"माई गॉड !" सविता यह सुन रोने-रोने को हो आई।

रवि भी घबराया, पूछने लगा, "मेरे बाप ने क्या कहा ?"

लड़का बताने लगा, "मुझे टेलीफोन से मिला जवाब सुनाई नहीं दे सकता था, पर सविता के पिता ने जब गुस्से में टेलीफोन का रिसीवर पटककर रखा, तो वह टेलीफोन में से मिले जवाब को बड़े गुस्से से दुहरा रहा था, इसलिए मैंने सुना कि जवाब यह मिला, 'डोंट बॉदर मी, आई डोंट केअर इफ समथिंग हैपिन्स टू माई सन।' "[१]

"माई गॉड," यही दो शब्द रह गए थे, जिन्हें कभी सविता दुहरा लेती थी, कभी रवि और कभी हममें से दूसरा कोई।

ख्याल आया—आखिर सविता का बाप रवि के कमरे को, अभी या ज़रा ठहरकर, ढूंढ़ ही लेगा। पर अगर हममें से दो लड़के उसके पास जाकर, उसे खुद ही सब कुछ बता दें और यहां ले आएं तो शायद उसका गुस्सा कुछ कम हो जाए और हालत कुछ संभल जाए...

पर जाए कौन ? रवि के जाने का सवाल ही नहीं पैदा होता था। बाकी में से भी किसी की हिम्मत नहीं हो रही थी।

और ऊपर से सविता कह रही थी, "मेरा बाप कुछ भी कर सकता है।

---

१. मेरी चिंता न करो, अगर मेरे बेटे को कुछ हो जाए तो मुझे कुछ परवाह नहीं।

उसके पास पिस्तौल का लाइसेंस है। हो सकता है कि वह जेब में पिस्तौल लाया भी हो...''

कुछ समझ नहीं आ रहा था। पर आखिर सामने तो होना ही था—चाहे हम खुद उसके पास जाते, और चाहे वही हमें ढूंढ़कर यहां आ जाता। पर यह ज़रूर लग रहा था कि अगर हम खुद उसके पास जाएं तो शायद कुछ फर्क पड़ जाए...

सबकी नज़र मेरी तरफ थी। सबकी राय थी कि जिस तरह इत्मीनान और दलील से मैं बात कर सकता था, उस तरह किसी और से नहीं होनी थी। इनकार करने का वक्त नहीं था, मैं मान गया। हममें से दो, जो बहुत लंबे, ऊंचे कद के लड़के थे, वे मेरी हिफाज़त के लिए चुने गए। उन्हें मेरे साथ जाना था। बहुत कुछ कहना नहीं था, सिर्फ मैं जो कुछ कहूं, उसकी तसदीक करनी थी। और यह ख्याल रखना था कि अगर वह किसी तरह गुस्से में आकर मुझ पर हाथ उठाने लगे, तो वे मुझे बचा लें...

सविता के बाप को लेकर जब वापस आएंगे, उस मौके के बारे में भी सोचा, कि जिस कुर्सी पर उसे बिठाएंगे, वे दोनों लड़के उस कुर्सी के पीछे खड़े हो जाएंगे—और तैयार रहेंगे कि सविता का बाप अगर गुस्से में आकर जेब में से पिस्तौल निकालने लगे। तो वे पीछे से एकदम उसकी बांहें पकड़ लेंगे...

पता नहीं क्या हादसा होने वाला था और क्या नहीं, पर हम यह सब कुछ हादसे से बचाव के लिए सोच रहे थे...

ऐसे खौफनाक मौके पर भी हमारी सैंस ऑफ ह्यूमर[१] शायद गुम नहीं हुई थी। एक कहने लगा, ''पर अगर सविता के बाप ने ऐसे ही रूमाल निकालने के लिए जेब में हाथ डाला, और ऊपर से तुम दोनों झपट पड़े और उसकी बांहें पकड़ लीं, तो फिर...''

हम सब रोने-रोने को हो रहे थे और हंस भी रहे थे...

फिर तीनों, एक मैं और मेरे दोनों रक्षक, सविता के बाप से मिलने गए।

---

१. हंसने की मनःस्थिति।

जाकर हाथ जोड़े, नमस्ते की और बड़ी नम्रता से कहा, "हम सविता और रवि के दोस्त हैं, आपको लेने आए हैं।"

वह कुछ बोला नहीं, बड़ी देर तक हमारे चेहरों को घूरता रहा। फिर कहने लगा–"सो यू आर दि मेंबर्स ऑव दि गैंग..."[१]

मालूम था, जितनी कम बात करूंगा, उतना ही अच्छा रहेगा। जवाब में सिर्फ वही शब्द दुहराए–"हम उनके दोस्त हैं।"

'उन' से उसे अभी वास्ता नहीं था, सिर्फ सविता से सरोकार था। पूछने लगा–"व्हेयर इज़ शी ?"[२]

"वह होस्टल में नहीं, अपने घर है," बड़ी सादगी से जवाब दिया। इससे रवि के कमरे को सविता का घर कहकर, विवाह की खबर के लिए भी इसे इशारा दे दिया था, और स्वाभाविकता के लिए भी, जो ऐसी हफड़ा-तफड़ी में हुए विवाह की ही नहीं, बल्कि स्वाभाविक विवाह का अंग होती है।

वह कुछ देर उसी तरह चुप बैठा रहा, और हमारी तरफ देखता रहा। हमारे चेहरों पर किसी तरह की शोखी का या किसी तरह की शरारत का भाव नहीं था। अचानक उसने मुझसे पूछा कि मैं काहे का स्टुडेंट था, किस साल में था ?

"चौथे साल में, इंजीनियरिंग स्टुडेंट," जवाब दिया। और बाकी दोनों लड़कों के बारे में भी उसके सवाल का जवाब दिया, "दोनों आर्कीटैक्चर के स्टुडेंट हैं, फाइनल इयर।"

"सो यू आर दि बिल्डर्ज़ आव अवर कंट्री !"[३] उसने बड़े व्यंग्य से कहा–और फिर उठकर हमारे साथ चल पड़ा।

मां के बारे में भी कुछ कहना था, इसलिए बड़ी नम्रता से पूछा, "सविता की माता जी भी आई होंगी ?"

---

१. तो आप हैं गिरोह के सदस्य...!

२. कहां है वह ?

३. तो आप हैं हमारे राष्ट्र के निर्माता !

"हां, माता जी, पिता जी, दोनों आए हुए हैं।" उसने फिर बड़े व्यंग्य से कहा, पर हमारे साथ अकेला बाहर सड़क पर आ गया। (बाद में सविता से पता लगा था कि वह सविता की मां को उस वक्त जान-बूझकर साथ नहीं लाया था कि वह वहां जाकर सिर्फ रोना शुरू कर देगी और कोई बात नहीं सुनने देगी।)

हम वापस रवि के कमरे में पहुंचे, तो रवि ने जल्दी से उठकर उसके पांव छुए। उसने बड़े गौर से रवि को देखा, फिर पांव पीछे कर लिए। सिर्फ कहा—"सो यू आर दि जैंटलमैन !"[१]

रवि जवाब में सिर्फ हाथ जोड़े हुए था। और हम सब दोस्त, समेत सविता के, उसके जुड़े हुए हाथों की तरह, चुपचाप खड़े थे।

मेरा ख्याल है—वह बड़ी देर तक और किसी की तरफ नहीं, सविता की तरफ भी नहीं, सिर्फ सविता के माथे पर लगी हुई बिंदी की तरफ देखता रहा था...

"आई वांट टु टॉक टु यू एलोन,"[२] उसने काफी देर की चुप के बाद सविता से कहा।

हम सब दोस्त, समेत रवि के, कमरे से बाहर चले गए। मन में डर भी था, दूर नहीं गए थे, सिर्फ कमरे के बाहर बरामदे में। और कमरे की दीवार से इस तरह कान लगाकर खड़े हो गए थे—कि अगर कोई खतरे की बात कानों में पड़े, तो अंदर जाकर सविता को बचा सकें।

सुन सकते थे—उसका पहला सवाल था कि हम लोग कौन थे ? शरीफ लड़के थे कि नहीं ? और आखिरी सवाल था कि यह विवाह सविता की मरज़ी से हुआ था कि उसके साथ कोई ज़बर्दस्ती की गई थी ?

यह एक बाप की आवाज़ थी। बड़े जायज़ सवाल थे। सिर्फ हमने ही नहीं, सविता ने भी बाप से ऐसी आशा नहीं की थी, शायद इसलिए कि सविता भी हमारी तरह, पिछले दिनों सभ्यता के रक्षकों की तरफ से हमारे साथ जो सलूक

१. तो तुम हो वह सज्जन !

२. मैं केवल तुमसे एकांत में बात करना चाहता हूं।

किया जा रहा था, उससे इतना डर गई थी कि उसका अपने बाप में भी विश्वास नहीं रह गया था...

कोई हादसा नहीं हुआ। हमने घबराकर सविता और रवि के विवाह वाला जो हल ढूंढ़ा था, उसके बाप ने कबूल कर लिया था—हमारे खौफ को समझ लिया था।

हमें पश्चात्ताप-सा हुआ कि हमने एक अच्छे आदमी को ख्वाहमख्वाह परेशान किया; यह सब कुछ हम उससे पूछकर और उसकी मरज़ी से कर सकते थे। पर शायद इसमें हमारा ज़्यादा कसूर भी नहीं था...

सैडिस्टिक गार्जियंस ऑव अवर कल्चर...हम उनके लिए दांत पीसकर सिर्फ यही शब्द दुहरा सकते थे, जिन्होंने हमारे विश्वास को इस तरह तोड़ा था, कि सविता जैसी लड़की अपने बाप में भी विश्वास करने से घबरा गई थी...

चार

मालूम नहीं, कहां क्या गलत है...

स्टुडेंट हिंदू हो, उसे मालूम रहता है कि उसे मुसलमान प्रोफेसर के पेपर में कम नंबर मिलेंगे...

स्टुडेंट मुसलमान हो, उसे पता होता है कि उसे हिंदी प्रोफेसर के पेपर में कम नंबर मिलेंगे...

गुजराती प्रोफेसर को पंजाबी स्टुडेंट पसंद नहीं...

बंगाली प्रोफेसर को गुजराती स्टुडेंट पसंद नहीं...

साउथ इंडियन प्रोफेसर को...

हर मज़हब भी शायद एक गढ़ा है, हर जात भी एक गढ़ा है, और हर बोली में शायद एक गढ़ा है...पांव कभी किसी गढ़े में जा पड़ता है, कभी किसी गढ़े में।

पर चोट सदा माथे पर लगती है, मेरा मतलब है, ख्यालों को लगती है...

तनवीर को पता है, उसे इस साल भी पास नहीं होने दिया जाएगा। यह सिर्फ तनवीर को नहीं, सबको पता है, पर कोई कुछ नहीं कर सकता...

हम सब दोस्त तनवीर को पिछले साल समझाते थे, पर इस साल समझाने वाली बात नहीं रही, समझने वाली बन गई है...

सिर्फ यह पता नहीं चलता कि हमारे समझने वाली, या किसी और के समझने वाली...

मिस्टर जोसेफ, उसका प्रोफेसर, मालूम नहीं किस जन्म से दुखी है, कि इस जन्म में वह हंसने की कोशिश भी करता है तो रोने-रोने को हो जाता है पिछले साल उसने एक दिन क्लास में यही कोशिश की थी...

कोई बड़ा पुअर जोक[१] उसने क्लास में सुनाया था। लड़के उसे खुश करने के लिए हंस पड़े थे, जैसे उसके मज़ाक की दाद दे रहे हों, पर तनवीर नहीं हंसा था। तनवीर की शोहरत थी कि वह अपनी उमर के लड़कों से ज़्यादा समझदार था, और मिस्टर जोसेफ के ख्याल में उस समझदार लड़के से दाद न मिलना, उसकी तौहीन थी...

तनवीर के ख्याल के अगर वह घटिया मज़ाक की दाद देता है तो मिस्टर जोसेफ की तौहीन करता है, पर दाद न देना तौहीन बिल्कुल नहीं था, और उसके ख्याल में अब मिस्टर जोसेफ का इस तरह बदला लेना, दुनिया का सबसे घटिया मज़ाक था...

'मिस्टर जोसेफ खुदा का सबसे घटिया मज़ाक है,' यह सोचने के सिवा हम क्या कर सकते थे ? कहीं सुनवाई नहीं थी। सिर्फ उसके पास से गुज़रते हुए या उससे बात करते हुए, कई लड़के उसे मिस्टर जो...कह लेते थे। लगता था यह मिस्टर जो...जैसे मिस्टर जोसेफ के लिए हो, पर यह मिस्टर जोक के लिए होता था, सिर्फ 'क' शब्द को किसी के कानों तक पहुंचने से पहले ही, इधर हवा में गिरा देना होता था...

हवा में मालूम नहीं क्या-क्या गिराना पड़ता है, और क्या-क्या गिराना पड़ेगा...

हमारे पास सिर्फ कुछ शब्द थे हवा में गिराने के लिए, कुछ शब्द, कुछ

---

१. कमज़ोर मज़ाक।

हसरतें, कुछ शिकवे, कुछ गुस्सा, बस...पर मिस्टर जोसेफ तनवीर की उमर के साल हवा में गिरा रहा था। पिछला साल गिर चुका था, यह साल भी गिरता दिखाई देता था...

उस दिन जब तनवीर आया था, बेकसी का अहसास ले आया था। हम सब—विनी, अशोक और मैं—एक फिल्म देखने जा रहे थे। तनवीर को भी ले गए। वहां पहुंचकर टिकट खरीदने के बाद एक अजीब बात सूझी—

"लैट अस फ्लर्ट विद वल्गेरिटी," ख्याल अशोक का था, पर सबको मंजूर था।

हम सबने अपनी-अपनी टिकट अजीब-अजीब जगह रख ली। गेट के पास पहुंचे, गेट-कीपर ने हाथ बढ़ाया। सबसे आगे तनवीर था, उसने गेट-कीपर की तरफ ऐसे देखा जैसे उसे बात ही समझ में न आई हो। गेट-कीपर ने कुछ गुस्से में उसके कंधे पर हाथ रखकर कहा—मिस्टर ! टिकट...

तनवीर के चेहरे पर गुस्से के बदले में गुस्सा बिल्कुल नहीं था, पर वह एक मिनट एकटक गेट-कीपर के मुंह की तरफ देखता रहा, और फिर झुककर पांव के एक बूट का तस्मा खोलने लगा।

गेट-कीपर ने घबराकर उसके कंधे पर से हाथ हटा लिया, और उछलकर ऐसे पीछे हुआ जैसे तनवीर अभी पांव में से बूट उतारकर उसे मार देगा।

गेट-कीपर के मुंह का रंग देखने वाला था। तनवीर का मुंह बिल्कुल शांत था, संजीदा, जैसे हर हरकत स्वाभाविक हो। उसने आराम से एक बूट उतारा, फिर जुराब उतारी, और उसमें से टिकट निकालकर, बड़े आराम से गेट-कीपर के हाथ में पकड़ा दिया।

उसके बाद मैं था। मैंने हाथों में दस्ताने पहन रखे थे। पहले मैंने भी एक मिनट गेट-कीपर के मुंह की तरफ ऐसे देखा, जैसे टिकट दिखाने वाली बात मुझे याद ही न हो। फिर आराम से एक हाथ का दस्ताना उतारा, और अंदर से टिकट निकालकर उसे दे दिया।

हम चारों के मुंह पर हंसी या मज़ाक का बिल्कुल कोई निशान नहीं था।

इस बार गेट-कीपर ने ही ज़रा मुस्कराने की कोशिश की, पर पहले खौफ से अभी वह इतना नहीं संभल सका था कि मुस्करा सकता। अभी तक वह यही शुक्र मना रहा था कि किसी मनचले ने उसे बूट से पीटा नहीं था।

मेरे पीछे अशोक और विनी थे। उनकी बारी आई तो वे दोनों अपनी-अपनी पैंट के बटन खोलने लगे। इस बार फिर गेट-कीपर का हाल देखने वाला था। वह उछलकर पीछे हटा तो उसका सिर दरवाज़े से टकराया। इतने में अशोक और विनी ने पैंटों के बटन खोल लिए थे, और अपना एक-एक हाथ पैंट के अंदर डाल एक-एक टिकट निकाल लिया था।

बस इस तरह के बेमाने मज़ाक से हमने मिस्टर जोसेफ के बेमाने मज़ाक का गुस्सा निकाला। पर यह गुस्सा नहीं था, गुस्सा-सा था...

गुस्सा निकालने की कोई राह नहीं। तनवीर के खोए हुए साल को ढूंढ़ने की भी कोई राह नहीं।

फिल्म देखने के बाद, वापसी पर रूबी ने अपने घर बुलाया था। वहां आए हुए लड़कों में से, कई हमारे कालेज के थे, कई बाहर के भी थे, शायद रूबी के कज़िन, पता नहीं। लड़कियां भी थीं। मेरे लिए 'ब्लूज़' का यह पहला तजुरबा था। यह शब्द सुनने का भी पहला तजुरबा था।

"वी विल हैव ब्लूज़,"[१] रूबी ने कहा था, और मुझे एक सिगरेट ऑफर किया था।

मैंने सिगरेट को आम सिगरेट समझ पकड़ लिया था, इससे ज़्यादा मुझे कुछ पता नहीं चला था। पर आधे के लगभग सिगरेट पी लेने के बाद जब मेरे सिर को चक्कर-सा आया, मुझे सिगरेट में पड़ी हुई चरस का पता चला।

तनवीर ने शायद दो सिगरेट पिए थे। कमरे में मंकी म्यूज़िक बज रहा था, वह डांस करने लगा। उसकी फरमाइश पर रूबी ने 'सिलिएस्ट' गीत का टेप लगा दिया था :

---

१. आओ, हम मस्त हो जाएं।

इट इज़ टू इज़ी हमिंग सांग्ज़
टु ए गर्ल इन यैलो-ड्रैस[1]...

यह एक अजीब इत्तफाक था कि कमरे में बैठी लड़कियों में से एक ने सचमुच पीली जीन्स और पीला ब्लाउज़ पहना हुआ था, ज़ाहिर था कि चरस वाला सिगरेट उसने भी पी रखा था।

वह उठकर तनवीर के साथ डांस करने लगी। 'गर्ल इन येलो-ड्रेस' शायद उसे अपनी बात लगी थी। आगे गीत बेसिर-पैर का था, पर आवाज़ें बहुत गहरी और भरी-भरी थीं...

इट हैज़ बीन ए लांग टाइम सिंस दि
पार्टी एंड दि रूम इज़ इन मैस
व्हाई डोंट यू कट योर हेयर...[2]

तनवीर इस वक्त मूड में था। था नहीं, लगता था। गीत खत्म हो गया, वह फिर भी पीली जींस वाली लड़की के साथ डांस करता रहा। इस वक्त वह खुद गा रहा था :

यू वाक-आऊट ऑन मी
व्हेन वी बोथ डिसएग्री
बिकॉज़ टु रीज़न इज़ नाट व्हट यू केयर फार...[3]

---

१. पीले वेश वाली लड़की के साथ गीत गाना सुखदायी है।
२. पार्टी को खत्म हुए काफी समय बीत गया,
सारा कमरा अस्त-व्यस्त है,
तुम अपने बाल क्यों नहीं काटतीं ?
३. तुम मेरे साथ घूमती हो
जबकि हम दोनों इससे सहमत नहीं हैं
क्योंकि तुम कारण की परवाह नहीं करतीं।

पीली जींस वाली लड़की चरस के नशे में थी, उसने गीत के अर्थों की ओर ध्यान नहीं दिया। पर तनवीर के गीत से ज़ाहिर था कि उसके मन की दुखती जगह अभी दुख रही थी...

वापसी पर, मुझे याद है, तनवीर सड़क पर चलता गुनगुना रहा था, 'एंड लाइफ इज़ इन ए मेस'—रूप शब्द की जगह लाइफ शब्द उसने सोचकर नहीं लगाया था, अपने-आप लग गया था...

पांच

शीरीन से मेरी दोस्ती एक खत से शुरू हुई।

यह मेरा खत, शीरीन के लिए लिखा हुआ नहीं था, अपनी मां के लिए था। मां को बड़े दिनों से खत नहीं लिखा था, इसलिए उसे खुश करने के लिए एक आइडिया सोचा। और किसी के लिए चाहे मैं कुछ भी न होऊं, पर मां के लिए 'इम्पार्टेंट'[1] था, यह पता था। इसलिए फुलस्केप साइज़ का एक कागज़ लेकर अखबार के पहले सफे की शक्ल दी। अखबार का नाम रखा—'दि टाइम्स ऑव कपिल'।

मां हर बात जानना चाहती थी—मेरी सेहत, पढ़ाई, दोस्ती, छुट्टियों में घर आने की तारीख और पैसों की ज़रूरत। सो बड़ा बना-संवारकर अखबार का नाम लिखा, उसके नीचे उस दिन की तारीख डाली, ऊपर उस अखबार के इस्टेब्लिश[2] होने की तारीख, अपने जन्म की तारीख डाली—उस दिन से इक्कीस साल पहले की। और इस अखबार की सबसे अधिक सेल जहां होती है, वहां मां का एड्रेस लिख दिया।

अखबार के छः कालम थे। दो कालम में मोटा-सा हेडिंग लिखा, 'मेजर

---

१. आवश्यक।

२. संस्थापित।

फाइनेन्शल क्राइसिस,'[1] नीचे खबर लिख दी कि माइक्रोस्कोप से देखने पर पता लगा है कि जेब में पैसे खत्म हो गए हैं।

मां को मेरी स्टडी की फिक्र थी, इसलिए अखबार में एक अपना स्केच बनाया—मेज़ पर खूब किताबें पड़ी हुई हैं, और लड़का बड़े ध्यान से सिर नीचे किए पढ़ रहा है। सामने एक लड़की का स्केच भी बना दिया, जिससे ज़ाहिर था, कि सामने लड़की खड़ी हो तो भी लड़का उधर ध्यान नहीं देता, अपने में मग्न पढ़ता रहता है।

नीचे खबर लिखी—मदर मे ऑर्डर वन मंथ स्टडी पाज़।[2]

मां को फिक्र रहती थी कि मैं रोज़ सिर्फ चाय पीता हूं कि दूध भी। इसलिए खबर लिखी—नो इनक्रीज़ इन दि मिल्क प्राइम, मास्टर टेक्स ए ग्लास ऑव मिल्क एवरी डे।[3]

पिछली छुट्टियों में मां ने चैस खेलने से मना किया था, इसलिए एक कालम में यह भी खबर लिखी—मास्टर रिज़ाइन्स फ्रॉम चैस।[4]

मां को अच्छी किताबें पढ़ना बहुत अच्छा लगता है, इसलिए इस अखबार की न्यूज़ सर्विस की तरफ से खबर भेजी कि घर की अलमारियों के खाने खाली किए जाएं क्योंकि मास्टर ने प्लेटों से लेकर कामू और हेनरी मिलर तक बहुत सारी किताबें खरीद ली हैं, और घर का एक पूरा कमरा लाइब्रेरी बनने वाला है।

वेदर रिपोर्ट भी लिखी—आप्टिमिज़्म एबव नार्मल इन दि मेजर पार्ट्स ऑव दि माइंड, विद ए फ्यु स्कैटर्ड शावर्ज़ ऑव डिप्रेशन।[5]

मौसम के बारे में पेशीनगोई भी की—

---

१. महान आर्थिक संकट।

२. मां एक महीने तक पढ़ना-वढ़ना बंद रखने का हुक्म दे सकती हैं।

३. दूध के दाम नहीं बढ़े, महाशय रोज़ एक गिलास दूध पीते हैं।

४. महाशय ने चैस खेलना छोड़ दिया है।

५. दिमाग के ज़्यादातर हिस्सों में आशावाद सामान्य से ज़्यादा, निराशा के दो-चार छींटों के साथ।

ए स्टडी इनडल्जैंस इन दि प्रिपेरेशन ऑव दि एग्ज़ाम्ज़।[1]

अखबारों में इश्तिहार भी रहते हैं...इसलिए एक कोने में इश्तिहार दिया—वांटेड, और साथ में लिखा—प्रोमोशन फ्रॉम दि फोर्थ इयर इंजीनियरिंग।[2]

लेट न्यूज़ भी ज़रूर देनी थी, मां को मेरे रोज़ अच्छी तरह नहाने और कपड़े बदलने की फिक्र रहती थी, इसलिए खबर दी, मास्टर चेंजिग हिज़ अंडरक्लाथिंग्ज़ आफ्टर ए गुड बाथ।[3]

यह सब लिखकर कागज़ मेज़ पर रखा था, पोस्ट करने वाला था कि शीरीन आ गई।

हमारी हवेली अब तक एक क्लब-सी बन गई थी। होस्टल के लड़के-लड़कियां अक्सर शाम को यहां आ जाते थे। लड़कियों को साढ़े आठ तक होस्टल लौटना होता था (सैटर्डे-संडे साढ़े दस बजे तक) इसलिए हमारी हवेली की शाम बड़ी बारौनक होती थी। शीरीन पहले भी आया करती थी, मेरी वाकिफ थी, पर वाकिफ से ज़्यादा नहीं थी। उसने उस दिन मेरे कमरे में आकर वह अखबार पढ़ा। मेरा मतलब है, मेरा वह खत पढ़ा। पहले 'ब्रिलियंट जर्नलिस्ट'[4] का खिताब-सा दिया, फिर मेरा हाथ पकड़कर डांस करने लगी।

रूबी ने अपना रिकार्ड-प्लेयर लाकर इस हवेली में रख दिया था। अक्सर हर शाम को वह भी ज़रूर आता था। उसके खोए हुए होस्टल-चिह्न उसे शायद फिर मिल गए लगते थे। अपनी-अपनी मरज़ी का एक-एक रिकार्ड हम सबने भी खरीदा था, पर ज़्यादा रिकार्ड रूबी के थे। शीरीन ने हाल में जाकर एक रिकार्ड लगाया—आई एम सो हैप्पी आई कुड फ्लाई[5]...और फिर मेरा हाथ पकड़कर, डांस करती हुई मुझे हाल में ले गई।

हाल में और भी कई थे। पर शीरीन मेरे साथ डांस करती रही, बड़ा क्लोज़[6]

---

१. परीक्षाओं की तैयारी में निरंतर छोटी-मोटी रुकावटें।

२. चाहिए—इंजीनियरिंग चतुर्थ वर्ष से पदोन्नति।

३. अच्छी तरह नहाने के बाद महाशय अपने बनियान-कच्छा बदलते हैं।

४. प्रतिभाशील पत्रकार।

५. मैं इतनी खुश हूं कि उड़ सकती हूं।

६. पास-पास।

यह पहला दिन था जब मैंने एक लड़की को इतना करीब से देखा था।

शीरीन पारसी लड़की है। एक पारसी लड़का उसका बड़ा दोस्त था, मुझे पता था, पर उसका अपना पारसी होना शीरीन को मालूम नहीं क्यों इस तरह याद आया (उसका पारसी होना, या मेरा पारसी न होना) कि उसने डांस करते-करते ज़ोर से एक घूंसा मेरी छाती पर दे मारा, और कहने लगी—"तुम पारसी क्यों नहीं ?"

"इट इज़ नाट माई फाल्ट,"[१] मैंने उसके कानों के पास झुककर कहा।

"इट इज़ योर फाल्ट," शीरीन ने अपने होंठ मेरे कानों से लगाकर कहा।

होंठों से कान को छूकर—कान को भी और उससे ज़रा नीचे गले को भी।

"ओ माई गॉड..." शीरीन मेरी बांह में कांप-सी उठी थी।

मेरी बांह भी शायद कांप उठी थी, या उसकी पीठ की कंपकंपी मेरी बांह तक आ गई थी...पर फिर भी मैंने उसे बांह का सहारा दिया। वह निढाल-सी मेरी बांह के सहारे खड़ी थी।

मोमबत्ती की रोशनी इतनी-सी तो होती है। कमरे में और भी लड़कियां थीं, लड़के भी। उनमें से भी कई डांस कर रहे थे, सब अपने में मस्त थे। शीरीन ने आंखें मींच-सी ली थीं, जैसे बाहर का अंधेरा काफी न हो।

मैंने शीरीन के होंठ चूमे। लगा—आंखें मींची हुई थीं, पर होंठ नहीं मींचे हुए थे...

यह सिर्फ बाद में, मां को खत पोस्ट करते वक्त ख्याल आया कि उनमें जो स्केच था—एक लड़का बड़े ध्यान से मेज़ पर पड़ी हुई किताबें पढ़ रहा है, और सामने एक लड़की को देखकर भी अपनी किताबों में मग्न है--वह स्केच झूठा हो गया था।

खत लिखते समय तक वह सच्चा था, पर पोस्ट करते समय तक वह झूठा

---

१. यह दोष मेरा नहीं है।

हो गया था...

शीरीन का दोस्त लड़का उससे नाराज़ हो गया था।

मैंने शीरीन से कहा था, वह शाम को हवेली में न आया करे, या उसे भी अपने साथ लाया करे। पर शीरीन ने मेरी बात नहीं सुनी।

एक शाम जब अपने कमरे में आया तो शीरीन बैठी हुई थी, अकेली। सोचा—आज शीरीन से गुस्से से कहूंगा कि वह आगे से ऐसा न करे। पता चला था, शीरीन की उस पारसी लड़के के साथ सगाई होने वाली थी।

देखा—शीरीन ने मेरे सूटकेस में से मेरी मां की तस्वीर निकालकर मेरी मेज़ पर टिकाई हुई थी। न जाने कब देख गई थी, उसके साइज़ का फ्रेम खरीद लाई थी। मैंने पहले शीरीन की तरफ देखा, फिर मां की तस्वीर की तरफ। शीरीन से कुछ नहीं कहा गया।

सिर्फ हाल में डांस करते वक्त इतना भर पूछा—तुम्हारे दोस्त का क्या हाल है ?

"वह नाराज़ भी हो जाता है, फिर खुद ही ठीक हो जाता है।" शीरीन ने स्वाभाविक-सा जवाब दिया।

"तुम्हें तकलीफ नहीं होती ?" मुझे पूछना पड़ा।

"होती है," उसका यह जवाब भी कुछ मुश्किल से दिया हुआ जवाब नहीं था, स्वाभाविक आवाज़ में था।

"आई कांट अंडरस्टेंड,"[१] कुछ देर बाद मैंने कहा था।

"यू वांट टु अंडरस्टेंड ?"[२] उसने जवाब में पूछा।

मैं उसके पतले मुलायम चेहरे की तरफ देखता रहा। कुछ कहा नहीं गया। लगा, वह कोई अजीब बात कहने जा रही थी। और लगा—मैं शायद उसे सुनने

---

१. मैं नहीं समझा।

२. तुम समझना चाहते हो ?

के लिए तैयार नहीं था।

पर अब मेरे सुनने या न सुनने का सवाल नहीं था। मैं पूछ चुका था, उसे जवाब देना था। कहने लगी—"आई फील लाइक हैंगिंग इन सस्पेंशन एज़ ए फार्म ऑव कॉस्मिक डस्ट..."[१]

मैं कितनी देर तक शीरीन के मुंह की ओर देखता रहा था। लगा था, शायद मेरा अस्तित्व भी धरती की ग्रैविटी[२] में से बाहर हो गया था...

"कम बैक टु दि अर्थ..."[३] पता नहीं मैंने अपने-आपसे कहा था कि शीरीन से, शायद दोनों से, क्योंकि जवाब उसने दिया—"धरती की ग्रैविटी की तरफ क्यों ? आगे चांद की ग्रैविटी की तरफ क्यों नहीं ?"

समझ गया, धरती की ग्रैविटी से वह डरती थी, क्योंकि धरती पर उसने पारसी होने की, और मेरे पारसी न होने की हकीकत उसके सामने खड़ी हो जाती थी।

अचानक मेरा हाथ अपनी गर्दन की तरफ गया—ऐसे जैसे वहां हल्की-सी धूल जमी हो—कॉस्मिक डस्ट...

कॉस्मिक डस्ट का पता नहीं, पर शीरीन के शब्द ज़रूर मेरी गर्दन के पास बिखरे हुए थे...

कोई लड़की जब चांद की ग्रैविटी की तरफ जाने की बात करे, शायद मर्द का कुछ-न-कुछ हिस्सा ज़रूर उधर चल पड़ता है...लगा—इस पल इक्कीस साल की उमर से कुछ वर्ष अचानक बड़ा हो गया था, और मेरा एक हिस्सा धरती की ग्रैविटी से ऊपर उठकर, नो-ग्रैविटी स्पेस[४] में से गुज़र, चांद की ग्रैविटी में दाखिल हो रहा था...

शायद यही पल था—मेरा 'मैं' एक नहीं रह गया था, दो हो गए थे। एक

---

१. मैं अंतरिक्ष-धूलि के रूप में अनिश्चय की स्थिति में लटकी हुई महसूस कर रही हूं।

२. आकर्षण-शक्ति।

३. धरती पर लौट आओ।

४. अनाकर्षण-शक्ति युक्त अंतरिक्ष।

मेरे से दूर कहीं शीरीन के साथ डांस करता, बातें करता, उसके होंठ चूमता, और एक—मेरे पास खड़ा, चुपचाप सिर्फ उस दूसरे को देखे जा रहा...

जानता हूं—इंसानी स्वभाव की तशरीह करने वाले इसका मतलब कुछ और समझेंगे। ऐसी हालत को ये लोग कहते हैं कि वक्ती तौर पर आदमी दूसरों का रोल अदा करता है, यह देखने के लिए कि वह दूसरों की नज़रों में कैसा दिखाई देता है, इसीलिए वह एक ही समय आबजैक्ट[1] भी होता है, सबजैक्ट[2] भी...

मुझे किसी और का पता नहीं, अपना पता है। यह सिर्फ इसलिए है कि मेरा अपना आप सारे का सारा किसी हरकत में शामिल नहीं। और जो, जितना भी, उसमें शामिल नहीं, वह सिर्फ दर्शक है।

१. आधेय।

२. आधार।

छः

नौबत आती दिखाई देती थी, पर इतनी तेज़ी से नहीं। वह एकदम सामने ही आ खड़ी हुई।

तनवीर के लिए एक ही राह दिखाई देती थी कि वह मिस्टर जोसेफ के सामने गिड़गिड़ाकर मुआफी मांगे (ऐसे मुआफी मांगे जैसे जान की खैर मांगता हो)।

मिस्टर जोसेफ ने सीधे-साफ लफ़्ज़ों में कह दिया था—यू विल सी इफ यू एवर पास...[१]

तनवीर साल-भर से बहुत चुप रहता था, उसके अंदर इकट्ठी हुई चुप फट गई। वह हंसने लगा। कहने लगा—सर ! आपके सिली जोक पर नहीं हंसा था, पर यह कुशल जोक है, मेरा ख्याल है मुझे इस पर हंसना चाहिए...

और अब नौबत सिर्फ इतनी रह गई थी कि तनवीर को इस साल भी जानबूझकर फेल कर दिया जाता। पता चला कि कालेज से निकाल देने की साज़िश हो रही थी।

यह साज़िश अगर कहीं सचमुच सफल हो जाती तो यह मिस्टर जोसेफ

---

१. अच्छा, फिर पास होकर दिखाना...

का सिर्फ सिली और कुशल जोक नहीं होना था, यह एक बहुत बड़ा वल्गर जोक[1] होना था...

आर्कीटेक्चर का एक अच्छा-खासा पागल स्टुडेंट था—हीरू।

इतना पागल कि एग्ज़ाम में उसे एक 'बर्ड केज'[2] बनाने को मिला, तो उसने बर्ड केज में एक बेडरूम भी बनाया था और एक बाथरूम भी। पर कहते हैं, पागलपन उसे सिर की एक सख्त चोट के बाद हुआ था। अपनी स्कूल की पढ़ाई के वक्त वह कभी फर्स्ट भी आता रहा था। पर यह उसकी दिमागी हालत की बात है, उसके मन की नहीं। पता लगा कि मिस्टर जोसेफ ने उस पागल हीरू को कुछ इस तरह सिखाया कि अगर वह किसी तरह वही दुहरा देता, और डीन के सामने पेश होकर अपने बयान पर कायम रहता, तो तनवीर पर 'होमो'[3] होने का इल्ज़ाम लग जाता और फिर तनवीर को कालेज से निकाल दिया जाता...

हीरू के मन में यह कहीं ज़रूर था, कि यह गलत है। उसने मिस्टर जोसेफ से कुछ नहीं कहा पर घबराकर तनवीर को बता दिया।

"दिस इज़ आल वैरी डिसगस्टिंग।"[4] तनवीर ने बार-बार सिर्फ यही कहा, और कोई लफ्ज़ नहीं बोला। या एक दिन यह कहा—आई कन सबमिट टु लाइफ नाट टु एनीवन एल्स।[5]

और तनवीर ने सिर्फ कालेज नहीं, देश छोड़ दिया।

इस हालत में उसे न कहीं स्कॉलरशिप मिल सकता था, न देश से बाहर जाने के लिए पैसा। सिर्फ किसी तरह उसने चार सौ सत्तर रुपये जमा किए, और बम्बई से बेड़ी के सफर में बसरा चला गया। वहां वह खाली हाथ क्या करता होगा, हमें कुछ पता नहीं...

---

१. भोंडा मज़ाक़।

२. पिंजरा।

३. लौंडेबाज़।

४. यह सब बड़ा असह्य है।

५. मैं अपनी ज़िंदगी सौंप सकता हूं, किसी अन्य को नहीं।

"इट इज़ आल वैरी डिसगस्टिंग"—तनवीर चला गया था, पर उसके ये शब्द पीछे रह गए थे...

ये शब्द कई शक्लों में दिखाई देते थे, मसलन अपनी कालेज वाली सड़क पर एक मरियल-सा कुत्ता हम रोज़ देखते थे, उसकी पिछली टांगें शायद कभी किसी लारी-मोटर के नीचे आई होंगी, पता नहीं, पर अब वे न उसकी धड़ से अलग थीं, न जुड़ी हुई, वह जब उन टांगों को ज़मीन पर घसीटता हुआ किसी के पांवों को चाटने की कोशिश करता था—तनवीर के शब्द हमें उसकी शक्ल में भी दिखाई देते थे...

एक गुस्सा था, रुके हुए पानी की तरह, जिसके निकलने की कहीं कोई राह नहीं थी, इसलिए जहां वह रुका हुआ था, उन दीवारों को ही चाट रहा था।

हम सब अपने-आपको ही चाट रहे थे।

रिज़वी नाम के एक लड़के के पास फारेन मोटरसाइकिल थी। वैसे वह बड़ा दोस्तनुमा लड़का था। उसके साथ कोई भी कॉफी पीने चला जाए, वह किसी और को पैसे नहीं देने देता था, पर अपनी मोटरसाइकिल वह किसी को भी नहीं चलाने देता था। तनवीर वाले हादसे के बाद एक दिन अशोक का गुस्सा अचानक रिज़वी पर बरस पड़ा—साला मोटरसाइकिल को हाथ नहीं लगाने देता...

उस दिन विनी और अशोक ने एक तरकीब निकाली। शाम को जब रिज़वी आया, अशोक इस तरह हरकतें करने लगा जैसे उसने शराब पी रखी है। शराबी हरकतों की एक्टिंग में उसने रिज़वी को एक ज़ोर का घूंसा मारा—साले मोटरसाइकिल देता है कि नहीं ? रिज़वी ने घबराकर मोटरसाइकिल की चाबी उसके सामने कर दी। पास से विनी ने कहा था कि अशोक इस वक्त होश में नहीं, इसलिए इसे ना की तो पता नहीं क्या कर दे। और विनी ने रिज़वी को विश्वास दिलाया कि मोटरसाइकिल वह खुद चलाएगा, अशोक को सिर्फ पीछे बिठा लेगा और दो-चार मील चक्कर लगाकर वापस आ जाएगा।

विनी और अशोक ने लगभग एक घंटा मोटरसाइकिल चलाई—सिर्फ रिज़वी की ज़िद तोड़ने के लिए। रिज़वी की ज़िद भी ऐसे ही मन का बहाना-सा थी—वास्तव में तनवीर वाले हादसे का गुस्सा था, जो मिस्टर जोसेफ पर निकाला

नहीं जा रहा था।

शीरीन तनवीर को जानती नहीं थी, उसने सिर्फ हममें से कुछ से उसकी बात सुनी थी, कम्बख्त को न जाने क्या सूझा, एक दिन अकेली सत्तर मील दूर एक झील को देखने चली गई।

वापस आई तो "हिच-हाइकिंग[1] का ख्याल तुम्हें तनवीर से आया था ?" मैंने उसे चाय देकर पहले बड़े आराम से सिर्फ यही पूछा था।

मन में उस पर गुस्सा आ रहा था, पर वह ज़र्द-सा चेहरा लिए इस तरह बैठी थी, गुस्से से कुछ नहीं कहा जा सकता था।

जब वह वापस पहुंची, तो रात आधी हो चली थी। उस वक्त होस्टल नहीं जा सकती थी, इसलिए वह हमारी हवेली में आ गई थी।

"थैंक गॉड, आई एम अलाइव,"[2] उसने आते ही यह कहकर किसी को नाराज़ होने के काबिल नहीं छोड़ा था।

मैं हाथ में थरमस लेकर चाय वाली दुकान पर गया था। दुकान बंद थी, पर दुकान वाला पास ही चारपाई डाले सो रहा था। उसे दो रुपये देकर मुश्किल से थोड़ी-सी चाय बनवाई थी।

वह चाय का एक प्याला जब पी चुकी, बाकी चाय उसकी तरफ करते हुए मुंह से निकल गया था, "अब बाकी की गर्म चाय तुम्हारे सिर पर डाल दूं ताकि तुम्हारे सिर को कुछ समझ आ जाए ?"

"मे बी इन दि मार्निंग, नाट नाऊ..."[3] उसने मुश्किल से इतना भर कहा, और कांपती-सी मेरे कमरे में सो गई।

मैं हाल में अशोक के पास जाकर सो गया।

ऐसे डरावने सपने मुझे ज़िंदगी में कभी नहीं आए। बड़ी तेज़ी से भागते

---

१. आने-जाने वाली गाड़ी को हाथ देकर सवारी करना।

२. ओह परमात्मा, मैं ज़िंदा हूं।

२. सवेरे हो सकता है, अब नहीं।

हुए ट्रक...हर एक ट्रक में से चीखों की आवाज़...कोई ट्रक सड़क पर उलटा हुआ ...कोई मेरी तरफ इस तरह आता हुआ जैसे सीधा मेरे ऊपर से गुज़र जाएगा...

न मालूम अपनी अनसोयी रात का गुस्सा था कि क्या, सुबह जब कमरे में गया, शीरीन ने कहा—"समथिंग इज़ रियली इनसेन अबाउट् यू।"[१]

"आई थिंक सो,"[२] शीरीन ने जवाब दिया।

कोई अपने मुंह से ही ऐसा कह दे तो उसे क्या कहा जा सकता है।

कुछ देर बाद ही यह कह सका, "पर तुम्हें हुआ क्या था ? तुम्हें यह ख्याल तनवीर से आया था ?"

"पार्टली।"[३]

"पर तुम्हें यह ख्याल नहीं आया कि वह लड़का है, वह सड़क पर भी सो सकता है...वह..."

"उस वक्त, जाते हुए यह ख्याल नहीं आया था।"

"फिर ?"

"फिर आते वक्त पता लगा..."

"क्या पता लगा ?"

"इट इज़ टेरिबिल..."[४]

धीरे-धीरे शीरीन ने बताया कि आते समय एक ट्रक में लिफ्ट ली थी, पर जब अच्छा अंधेरा हो गया, एक आदमी आगे से उठकर, पीछे उसके पास आ बैठा। उसने कहा कुछ नहीं था, पर लगता था, किसी मिनट कुछ भी कह देगा

---

१. तुम्हारे बारे में एक बहुत ही आपत्तिजनक बात है।
२. मैं भी ऐसा सोचती हूं।
३. हां, कुछ-कुछ।
४. यह भयानक है।

...फिर उन्होंने ट्रक रोक लिया, एक जगह कुछ दुकानें थीं। जो पीछे बैठा हुआ था, वह उतरकर एक दुकान पर चला गया। वह समझ गई थी कि वह शराब लेने गया था...वह ट्रक में से उतर आई। उस वक्त उसे असली खतरे का अहसास हुआ था। वह बिल्कुल सुनसान जगह नहीं थी, बस उसे यही हौसला था। एक चाय की दुकान पर कुछ भीड़ थी, वह वहां जा खड़ी हुई...फिर से ट्रक में बैठने से इनकार कर दिया...

सुनकर गुस्सा आ रहा था। क्या कह सकता था ! वह कह रही थी, "आज ज़िंदा आ गई हूं, यह बात क्यों नहीं सोचते ?"

"पर, अगर कुछ हो जाता ?" मुझे किर्च की तरह यह बात चुभ रही थी।

"जब फिर एक कार में लिफ्ट ली, मैं तब भी कांप रही थी, अब तक कांप रही हूं। पर अब इस बात को भूल जाओ..."

"एक इकरार पर।"

"क्या ?"

"फिर कभी ऐसा नहीं करोगी।"

"नहीं करूंगी।"

"पर तुमने यह किया क्या..." मैं अभी भी यही बात पूछे जा रहा था।

"एक बार तुमने कहा था—कम बैक टु दि अर्थ..."

"पर उस बात का इस बात से क्या ताल्लुक ?"

"हंगर और हार्डशिप देखना चाहती थी..."

मैं चुप रह गया। धरती पर उतर आने का मतलब उसने कितना सादा-सा निकाला था, सिर्फ भूख और थकावट।

उसने कुछ ठहरकर, पता नहीं क्यों पूछा—"अच्छा, अगर मुझे कुछ हो जाता, मैं हस्पताल में पड़ी होती, तुम्हें पता चलता, तुम मुझे देखने के लिए आते कि नहीं ?"

अजीब पागल सवाल था।

मैं कुछ देर चुप रहा, उसने फिर वही सवाल दुहराया।

"हां, आता, तुम जहन्नुम में होतीं, फिर भी आता।" गुस्से से मेरे मुंह से निकला।

पर मेरे इस जवाब से वह खुश थी, उसने फिर कोई सवाल नहीं पूछा।

मुझे नहीं पता मैंने यह जवाब क्यों दिया था।

उस दिन इतवार था। कालेज नहीं जाना था हम सब जैसे पहले चाय पीने पास के ढाबे पर जाते थे, उस दिन भी गए। सिर्फ उस दिन फर्क यह था कि शीरीन हमारे साथ थी।

उस दिन हमने, चाय पीने के बाद, बाज़ार से एक स्टोव खरीदा, एक केतली और चाय की पत्ती भी खरीदी। यह शीरीन का कहना था कि हवेली में कम-से-कम चाय बनाने का कुछ सामान ज़रूर होना चाहिए था।

दोपहर तक कोई खास बात नहीं हुई। सब कुछ स्वाभाविक-सा लग रहा था। शीरीन अशोक और विनी की तरह एक और दोस्त लग रही थी।

उस दिन दोपहर का खाना भी हम सबने एकसाथ खाया था। सिर्फ उसके बाद मैंने कहा था—माई डियर ! अब हम जनगणमन गाएं तब ही तुम होस्टल जाओगी ?

उस वक्त वह चुप रही थी। सिर्फ जाते वक्त, मैं जब उसे बाहर तक छोड़ने गया, कहा था—आई होप यू विल आल्वेज़ बी माई फ्रेंड...इज़ नाट इट ?[१]

"यू नो दि आन्सर"[२] मैंने यह बात सिर्फ जवाब की खातिर नहीं कही थी, बिल्कुल इसी तरह महसूस किया था।

उस वक्त मुझे यह भी लगा था—अशोक और विनी को, या किसी को

---

१. आशा है, तुम हमेशा मेरे मित्र बने रहना चाहोगे, हैं न ?

२. तुम्हें उत्तर मालूम है।

भी, मैं जितने अर्थों में दोस्त कहता था, यह शीरीन उससे कहीं अधिक अर्थों में थी।

"यू नो आई फील वेरी लोनली, आई मीन एलोन इन दि वर्ल्ड..."[१] उसने हवेली के बाहर वाली हैज के पास खड़े होकर कहा था।

पहले तो मैंने हंसकर, उसकी इस बात को, कुछ टाला था, "अच्छा, थोड़ी-थोड़ी दोस्ती मेरे पास जमा करती जाओ, जब ज़रूरत पड़े ले लेना..."

"सेविंग अकाउंट की तरह ?"

मुझे उसका जवाब अच्छा लगा। उसमें सेंस ऑव ह्यूमर थी।

"हां, सेविंग अकाउंट की तरह।" मैंने कहा।

"मालूम है, सेविंग अकाउंट में ब्याज भी मिलता है ? मूल रकम मेरी, पर ब्याज तुम्हें देना पड़ेगा ?" उसने जवाब दिया।

"ओ माई गॉड ! मुझे ब्याज देना पड़ेगा ! फिर ऐसा कर, करेंट अकाउंट खुलवा ले..."

"करेंट अकाउंट ?"

"रकम उसमें भी सेफ होती है, सिर्फ ब्याज नहीं मिलता। बल्कि उल्टा बैंक हर महीने कुछ लेता है...रकम वाले को रकम में से कुछ कटवाना पड़ता है..."

"रकम भी मेरी, और कटवाऊं भी मैं ?"

"बहुत थोड़ा-सा कटवाना पड़ता है, वह बैंक की उजरत होती है, रकम को संभालकर रखने के लिए..."

"सो मेरी दोस्ती संभली रहेगी ?"

"यह बैंक की गारंटी ?"

---

१. तुम्हें पता है कि मैं बहुत अकेली महसूस करती हूं, मेरा मतलब है, कि मैं दुनिया में अकेली पड़ गई हूं।

"चाहे जब निकलवाऊं ?"

"चाहे जब।"

"चाहे दस साल बाद ?"

"दस...बीस...भले ही पचास साल बाद..."

"और बैंक उजरत क्या लेगा ?"

"बहुत थोड़ी...सिर्फ महीने में एकाध किस[1]..."

"यू आर ए रियल डेविल[2]..."

उसकी सेंस ऑव ह्यूमर को मान गया था। पर लगा, वह फिर कुछ सीरियस[3]-सी होती जा रही थी।

"बस, तुम सीरियस मत हुआ करो," मुझे कहना पड़ा।

"पर तुम सीरियस होने से घबराते क्यों हो ?"

शीरीन ठीक कह रही थी। मुझे मालूम था मैं हर उस बात से घबराता था, जो सीरियस शब्द की तरफ ज़रा भी मुड़ती दिखाई देती थी।

मुझे लड़कियां अच्छी लगती थीं। सिर्फ शीरीन नहीं, और भी लड़कियां अच्छी लगती थीं। पर अंदर कहीं यह पता था कि उनके बहुत नज़दीक जाकर भी, मैं कुछ दूरी पर ही खड़ा रहता था। या यह–कि कुछ दूर ही मुझे खड़े हो जाना चाहिए था। जैसे आगे कहीं कुछ खतरा हो...

स्कूल के दिनों में भी, मेरे साथ पढ़ती लड़कियों में से कुछ अच्छी लगती थीं; कालेज के शुरू के सालों में मिली लड़कियों में से भी कुछ अच्छी लगती थीं। पर यह अच्छा लगना–सिर्फ मज़ाक के अच्छे फिकरों तक ही रहता था, अधिक मेरे स्वभाव में शामिल नहीं होता था।

---

१. चुंबन।

२. तुम दरअसल एक शैतान हो।

३. गंभीर।

मैंने कभी किसी से कहा नहीं था—पर मेरे अंदर अकेलेपन का एक अजीब अहसास था। अजीब से मेरा मतलब है वह नहीं, जिससे उस अकेलेपन को तोड़ने को मन हो, बल्कि इस तरह का कि कहीं मेरा यह अकेलापन टूट न जाए।

अकेलापन जैसे मैं था, मेरा अपना-आप।

शीरीन का अकेलापन, मेरे अकेलापन जैसा नहीं था, पर उसमें इसको पहचानने वाली समझ ज़रूर थी। पूछने लगी—"क्यों, मेरा सवाल ठीक नहीं ? तुम सीरियस बात से नहीं, सीरियस शब्द से भी चौंक उठते हो ?"

मुझे मालूम था, शीरीन ठीक कह रही थी।

मैं कुछ देर चुप रहा। सिर्फ शीरीन की तरफ देखता रहा। "सेंस ऑव इनसिक्योरिटी, आई सपोज़,"[१] मुझे मालूम था, मैं ये शब्द अपने खिलाफ कह रहा था, पर अगर ये शब्द ज़बान पर आ ही गए थे, तो इन्हें वापस गले से नीचे उतारना नहीं चाहता था।

शीरीन हंस पड़ी और कहने लगी—आई डोंट थिंक सो।[२]

शीरीन पर गुस्सा आया—अगर मैं ही अपने खिलाफ था, तो उसे मेरे हक में होने का क्या अधिकार था।

"इसमें न मानने वाली कौन-सी बात है ?" मुझे पूछना पड़ा।

"यह कि जितनी देर किसी को अपने आप पर बड़ा कान्फिडेन्स[३] न हो, वह इस तरह की बात नहीं सोच सकता। सोच भी ले, तो कह नहीं सकता।" उसने जवाब दिया।

उसकी बात में दलील थी, पर एक दलील को दूसरी दलील से काटा जा सकता है, इसलिए कहा—ए मैड मैन एंड ए जीनियस हैव मैनी थिंग्ज़ इन कॉमन।"[४]

---

१. मेरा ख्याल है, असुरक्षा की भावना है।

२. मैं ऐसा नहीं सोचती।

३. विश्वास।

४. एक पागल और एक प्रतिभाशाली व्यक्ति में बहुत-से गुण एक-से होते हैं।

शीरीन ने मेरी बात ऐसे सुनी, जैसे हंसने वाली न हो, गंभीरता से सोचने वाली हो। फिर बड़ी स्वाभाविक-सी हो पूछने लगी—"तुम्हारा क्या ख्याल है कि तुम मैड हो या जीनियस ?"

"मेरा ख्याल है, थोड़ा-थोड़ा दोनों हूं।" मैंने कहा।

"आई एग्री।"[१] शीरीन ने कहा, तो मुझे लगा मैं कुछ हैरान हुआ था। शायद मैं इस जवाब की उम्मीद नहीं करता था। वही फिर कहने लगी, "इट इज़ ए गुड कंबिनेशन।"[२]

मैं चाहता तो बात को मज़ाक का मोड़ देकर खत्म कर सकता था, पर खत्म किया नहीं। मन में कुछ ज़िद-सी आ गई कि आज शीरीन को कुछ डिसइल्यूज़न[३] करूंगा। इसलिए बात का रुख बदला, कहा—असल में मेरी ज़िंदगी में कुछ ऐसे हादसे हैं, जिनका तुम्हें पता नहीं। पता हो तो तुम्हें शायद यह बात रोमांटिक न लगे।

"हो सकता है, फिर भी रोमांटिक लगे। रोमांस चीज़ों में नहीं होता, चीज़ों को देखने की अदा में होता है।" लगता था, आज शीरीन किसी तरह भी हार नहीं मानेगी।

मैंने सोचा यह था कि बात को सीरियस-सा मोड़ देकर छोड़ दूंगा। शीरीन हादसों की बात पूछेगी तो आगे डिटेल्स[४] में नहीं जाऊंगा। बस मैं उसमें एक खौफ का अहसास-सा पैदा कर, बात खत्म कर दूंगा। पर उसने सवाल को मेरी आशा के अनुसार नहीं दुहराया, इसलिए कहना पड़ा—"असल में बचपन के दिनों की बड़ी अहमियत होती है, उन दिनों में अगर कोई इनसिक्यूरिटी-सी महसूस करे, तो वह बड़ा होकर भी करता रहता है..."

शीरीन ने कहा कुछ नहीं, सिर्फ बात सुनने की तसदीक में सिर हिलाया।

"मैंने आज तक उन्हें कभी लड़ते हुए नहीं देखा। मेरा ख्याल है, उनमें

---

१. मैं सहमत हूं।
२. दोनों का अच्छा मेल है।
३. भ्रम दूर करना।
४. विस्तार।

से किसी को भी लड़ना नहीं आता—बोथ आर वेरी साफ्ट स्पीकिंग।"[1]

"दैन ह्वाट इज़ रांग विद यू ?"[2]

शीरीन का सवाल अजीब था, उसके ख्याल में जैसे यह कोई बात ही नहीं थी।

मैं चुप था, इसलिए उसी ने कहा—"तुम्हारी जगह मैं होती, तो मुझे ज़िंदगी से कोई शिकवा न होता।"

जवाब में और क्या कह सकता था, यही कहा—"अच्छा, तुम मेरी जगह होकर देख लो। यह दिलेरी उतनी देर रहती है, जितनी देर यह जगह देखी न हो।"

वह हंस पड़ी। कहने लगी—"तुम्हें क्या पता मैंने खुद के आगे कितनी बार प्रार्थना की होगी, इस जगह होने के लिए। बहुत छोटी थी, जब से सोचने लगी हूं कि मां-बाप, अगर एक-दूसरे की शक्ल नहीं बर्दाश्त कर सकते, तो फिर, खुदा की मार, वे साथ-साथ क्यों रहते हैं ? मां को जब देखा है, रोती ही देखा है। तुमने कभी मां को तड़प-तड़पकर रोते हुए देखा है ?"

"नहीं," मैंने सचमुच कभी नहीं देखा था, इसलिए यही कह सकता था।

"तुमने बाप को मां के सामने, एक गैर औरत को लाते देखा है ?"

"नहीं..."

मुझे लगा शीरीन अभी चीखकर रो पड़ेगी। पर वह रोई नहीं। उसने केवल इतना कहा—"यू डोंट नो हाऊ डिसगस्टिंग इट इज़..."[3]

मैंने शीरीन के कंधे पर हाथ रखा। इससे अधिक नहीं, केवल हाथ रखा। पहले कई बार डांस करते हुए मैंने उसके होंठ चूमे थे, आज और कुछ नहीं, केवल उसके कंधे पर हाथ रखा था, पर लगा, आज जितनी निकटता मैंने पहले

---

१. दोनों बड़े साफ दिमाग थे।

२. तो तुम्हें क्या परेशानी है।

३. तुम नहीं जानते यह बात कितनी दुःखदायी है।

कभी नहीं देखी थी।

शीरीन ने अपनी गर्दन ज़रा-सी झुका दी, अपने उस कंधे की तरफ, जहां मेरा हाथ था। और अपने सिर का एक भाग मेरी हथेली से छुआ दिया।

"वी विल बी फ्रेंड्ज़...आलवेज़..."[१] मैंने कहा, और मुझे लगा—ये शब्द मैंने पहली बार अपने मुंह से सुने थे। किसी के लिए भी पहली बार सुने थे।

"इकरार ?"

"इकरार।"

"एक इकरार और !"

"क्या ?"

"दैट यू विल नेवर किस मी !"[२]

उसका सिर अभी भी मेरी हथेली पर टिका हुआ था, एक विश्वास के साथ। और शायद यह इकरार मांगने की आवश्यकता भी उसी विश्वास में से पैदा हुई थी, मैंने जवाब दिया, "अच्छा, यह इकरार भी।"

मैंने इस इकरार का कारण नहीं पूछा। उसी ने फिर कहा, "आई विल हैव टु मैरी दैट फैलो...एंड आई वांट टु बी फेथफुल टु हिम..."[३]

"आई अंडरस्टैंड,"[४] कह दिया, पर लगा यह कहने की भी आवश्यकता नहीं थी। उसे मुझपर, मुझसे अधिक विश्वास था।

सिर्फ जब वह जाने लगी—सारी बात को स्वाभाविक-सा रूप देना आवश्यक लगा, क्योंकि जाते समय उसने बड़ी प्यासी नज़रों से देखा था, जैसे अपने मांगे इकरार पर वह खास खुश न हो।

---

१. हम मित्र रहेंगे...हमेशा...

२. कि तुम मुझे कभी चूमोगे नहीं !

३. मैं उस व्यक्ति से विवाह करने जा रही हूं...और मैं उसके प्रति सच्ची रहना चाहती हूं।

४. मैं समझता हूं।

कहा—"वी श्योर दैट आई विल बी योर लेजिटिमेट फ्रेंड।"[1]

"क्या मतलब ?"

"यही कि इकरार पूरा करूंगा, अगर पूरा नहीं करूंगा तो इल्जेजिटिमेट दोस्त बन जाऊंगा..."

दोस्त भी कानूनी और गैर-कानूनी हो सकता है, इस बात पर वह ऐसे हंसी कि सचमुच उसका स्वाभाविक रौ वापस आ गया।

१. चिंता न करो, मैं तुम्हारा कानूनी दोस्त बन जाऊंगा।

सात

फिश पौंड गेम चल रही थी।

यूनिवर्सिटी के हाल में हम कोई पच्चीस स्टुडेंट बैठे हुए थे। लड़कियों में से अधिक आर्ट क्लासिज़ की थीं, लड़कों में अधिक आर्कीटेक्चर और इंजीनियरिंग के स्टुडेंट थे। गुमनाम चिटें स्टेज पर भेजी जा रही थीं, और फिर एक-एक का नाम लेकर एक-एक मज़ाक स्टेज पर से अनाउंस हो रहा था। मोटी सुराज के आंसू निकल आए जिस समय स्टेज पर से कहा गया, ''सुराज बड़ी बहादुर लड़की है, किसी चीज़ से नहीं डरती, सिर्फ अपनी परछाईं से कभी डर जाती है, क्योंकि उसे परछाईं देखकर लगता है कि जैसे एक जिन्न उसका पीछा कर रहा हो।''

मास्टर राणा, नेपाली लड़के का मुंह लाल हो गया था, जिस समय स्टेज पर से कहा गया, ''अगर माटी राणा एक लड़की के साथ एक बेंच पर बैठा हो, बिजली फेल हो जाए, तो आशा है माटी राणा सारा वक्त फ्यूज़ का तार ढूंढ़ने में लगा देगा।''

राज गोयल का रंग बहुत गोरा था, पर सब नक्श बेतरतीब। उसका चेहरा बहुत ही उदास हो गया, जिस वक्त स्टेज पर से कहा गया, ''हम राज गोयल को जीप के हादसे में से बच जाने पर मुबारकबाद देते हैं। उसे देखकर लगता

है, उस हादसे में से और कोई नहीं बचा होगा, मुश्किल से वही बचा होगा।''

तारा चौधरी के दांत ऊंचे-नीचे थे। दांतों को सीधी पंक्ति में करने के लिए डॉक्टर से सब दांतों पर तार लगवाया था। सारा हाल हंसी से गूंज उठा था, जिस वक्त स्टेज पर से कहा गया, ''टैन कमांडमेंट्स, आल ब्रोकन।''

कई मज़ाक वास्तव में ही चुस्त थे। मेरे बारे में भी था, मेरी गिटार को लेकर, कि मैंने ''एक नए राग का आविष्कार किया है, जिसका नाम है 'राग साइलेंस'[१] और पता चला है कि लड़कियों को यह राग बहुत पसंद आया है।''

रिक्की मेरे बायें हाथ बैठी हुई थी, उसे अधिक नहीं जानता था, पर जिस वक्त उसका नाम लेकर मज़ाक किया गया, उसने नीचे का होंठ दांतों में काटते हुए मेरा हाथ पकड़ लिया। मेरे ख्याल में वह मज़ाक खूबसूरत भी था, चुस्त भी। सुन रखा था कि रिक्की के मां-बाप बहुत सख्त तबीयत हैं, हर बात हुक्म के अंदाज़ में कहते हैं, इसलिए रिक्की को एक नए नाम की उपाधि दी गई थी, 'मिस क्रेमलिन'।[२] पर रिक्की घबरा गई थी कि अगर यह बात उसके मां-बाप तक पहुंच गई...

पता नहीं इस गेम का नाम 'फिश पौंड' किसने रखा था, हर कोई एक-एक मज़ाक की कुंडी में फंसा हुआ मछली की तरह तड़प रहा था। मुझे कभी भी इस गेम में विशेष दिलचस्पी नहीं हुई, किसी के बारे में कभी कोई गुमनाम चिट लिखकर नहीं भेजी, यानी हाथ में कोई कुंडी या डोरी नहीं पकड़ी, पर रिक्की ने जब मुलायम और ठंडी-सी उंगलियों से मेरा हाथ पकड़ लिया, मुझे लगा एक सुनहरी मछली मेरी हथेली पर आ गई थी।

हाथ में एक स्वाभाविक-सी हरकत आने लगी थी, रिक्की का हाथ भींच लेने की या हौले से पकड़ लेने की, पर नहीं आई—मैंने रोक ली थी। लगा था—मेरा हाथ उस कुंडी की तरह हो जाएगा, जो एक मछली को अपने में फंसा रहा हो। यह मुझे मंजूर नहीं था। मैं उसे उसके स्वतंत्र रूप में देखना चाहता था। 'उसको' से मेरा मतलब उस मछली से है।

---

१. राग मौन।

२. क्रेमलिन : रूस में ज़ार का महल, जहां से आजकल पार्टी के फरमान जारी किए जाते हैं।

और इस तरह बेहिस पड़ा हुआ मेरा हाथ, मुझे तालाब का ही एक हिस्सा लगा, पानी में पड़ा हुआ, पानी का एक हिस्सा, जहां वह मछली आने के लिए भी स्वतंत्र, जाने के लिए भी।

यह उस दिन की नहीं, उससे कोई दस दिन बाद की बात है, कि मिस क्रैमलिन आई थी।

हमारी हवेली का, पता नहीं किस तरह, स्वयं ही एक नाम प्रसिद्ध हो गया था—शांति भवन। मालूम नहीं पहले यह किसे सूझा था, फिर किसने किसको बताया था, पर सब एकबारगी इस जगह को इसी तरह से बुलाने लगे थे। एक शाम मिस क्रैमलिन इसी शांति भवन में आई थी।

"सोशलाइज़ेशन[१] के लिए आई हूं।" मुझे देखकर उसने सबसे पहली बात कही थी। हालांकि वह अकेली नहीं आई थी, उसके साथ उसकी कोई दो सहेलियां भी थीं, फिर भी उसने यही कहा था।

मैं शायद चुप रहा था, उसी ने ही फिर कहा था—"डोंट यू वैलकम दि आइडिया ?"[२]

"पुराने ज़माने में दहलीज़ पर तेल डालते थे," मैं हंस पड़ा था, और कहा था, "यह वेलकम की निशानी होता था। तुम कहो तो तेल डाल दूं, तुम्हारे लिए नहीं, तुम्हारे आइडिया के लिए ?"

उस दिन पहली बार मैंने उसे खुलकर हंसते हुए देखा था।

"आई वांट टु लिसिन टु मंकीज़,"[३] उसने कहा, और मैंने हाल में मंकी-गीत का एक रिकार्ड लगा दिया। गीत मैंने अपनी पसंद का लगाया था, 'लव इज़ अंडरस्टैंडिंग...'[४] पर यही गीत, उसने बताया, उसकी पसंद का था।

---

१. समाजीकरण।

२. क्या आपको यह विचार पसंद नहीं ?

३. मैं मंकी-गीत सुनना चाहती हूं।

४. प्रेम एक समझौता है।

"इन दिस लिविंग टाइम

वी विल मेक दि वर्ल्ड टु शाइन"[१]

और अगले मिनट हमने देखा—हम सब डांस कर रहे थे।

"तुम्हें पता है रिलेशनशिप[२] दो तरह की होती है," उसने डांस करते हुए कहा था।

मुझे नहीं पता था, वह क्या कहना चाहती थी, इसलिए चुप रह गया।

उसी ने विस्तार से कहा था, "मोरेलिटी[३] दो तरह के रिलेशनशिप में से बनती है। एक रिलेशन अथॉरिटी से होता है, मां-बाप से, सुपीरियर, एक्सटर्नल, एबसोल्यूट, और बियौंड कम्प्रीहेन्शन..."[४]

अब मुझे उसकी बातों में दिलचस्पी हो चली थी। रिकार्ड बहुत करीब बज रहा था, पर लगा वह दूर बैकग्राउंड में चला गया था, और उसकी आवाज़ मेरे नज़दीक सरक आई थी।

वह कह रही थी, "और दूसरा रिलेशनशिप होता है, ईक्वल से। इसमें मिस्टिक सुपीरियरिटी नहीं होती, इट इज़ कैपेबिल ऑव मॉडीफिकेशन एकार्डिंग टु दि नीड्ज़ ऑव पार्टीसिपेंट्स..."[५]

"यू अंडरस्टैंड सो मच..."[६] मैं कह रहा था, उसने बात काट दी, "पर मेरे समझे क्या बनेगा, मेरे मां-बाप नहीं समझते। हालांकि यह सीधी-सी बात है कि बच्चे की सोशलाइज़ेशन के लिए दोनों एक्सट्रीमली इंपॉर्टेंट[७] होते हैं। तुम्हें मालूम है आज मैं झूठ बोलकर यहां आई हूं..."

१. इन सांसते क्षणों में, हम दुनिया को आलोक से भर सकते हैं।

२. संबंध।

३. नैतिकता।

४. एक रिश्ता अधिकार का होता है, जैसे मां-बाप का—ऊंचा, बाहरी, पूर्ण और समझ से परे।

५. दूसरा रिश्ता होता है बराबर वाले के साथ। इसमें वह रहस्मय बड़प्पन नहीं होता, यह दोनों की ज़रूरतों के अनुसार बदल सकता है।

६. तुम इतना सब कुछ जानती हो।

७. अत्यधिक आवश्यक।

मिस क्रैमलिन के मां-बाप को मैंने देखा नहीं था, पर उनके बारे में सुन ज़रूर रखा था। और अब वह खुद बता रही थी, "मेरी उमर के किसी को वे मुझसे मिलने नहीं देते, इस कमी को वे चीज़ों से पूरा करना चाहते हैं !..."

"चीज़ों से ? क्या मतलब ?" मैंने पूछा।

"ठंडी बर्फ चीज़ों से...मसलन रॉ सिल्क के सूट से, फारेन कोट से, या गर्मियों में किसी पहाड़ पर ले जाकर..." वह हंस रही थी।

इस जैसी जलती हुई हंसी मैंने पहले कभी नहीं देखी थी।

"आज मैं यह कहकर आई हूं कि कालेज में एक्स्ट्रा क्लास लगनी है..." जाते वक्त उसने बताया, और कहा, "तुम मेरे लिए एक झूठ बोलोगे ? शायद ज़रूरत नहीं पड़ेगी, पर अगर पड़ी..."

"तुम यहां नहीं आईं...मैं तुम्हें नहीं जानता...मैंने तुम्हें कभी देखा भी नहीं ...मैंने तुम्हारा नाम भी कभी नहीं सुना...यही न ?" मैं कह रहा था, और हंस रहा था।

मिस क्रैमलिन इज़ अंडर हाउस अरेस्ट[१]—यह खबर तीसरे दिन सुनी उसकी सहेली से सुनी थी।

१. मिस क्रैमलिन घर में नज़रबंद है।

आठ

हीरू के प्रति मेरे हाथों एक बेइंसाफी हो गई थी।

एक बार, बड़े दिन से पहले की बात थी, उसके मुंह से एक फिकरा निकला—हम सब एक ही खुदा के बेटे हैं।

मेरा ख्याल है उन दिनों वह कोई ऐसी किताब पढ़ रहा था, जिसके प्रभाव से उसने यह कहा था। हम सब जानते थे कि वह जिन दिनों जैसी किताब पढ़ रहा हो, वैसी ही सोच में ढल जाता था, जैसे जैली हर सांचे में ढल जाती है।

अपनी पहचान वह ऐसे ही ढूंढ़ता था—महात्मा बुद्ध पढ़ रहा हो तो किसी कुर्सी पर भी वह ऐसा चुप शांत बैठता था जैसे कोई बौद्ध भिक्षु किसी पेड़ के नीचे बैठा हो। एक बार किसी ने उससे कह दिया कि उसकी शक्ल हालीवुड के एक्टर मारलिन ब्रैंडो से मिलती है। उन दिनों उसकी हर हरकत देखने वाली थी—वह बड़े स्टाइल से खड़ा होता, और हौले से सिर को हिलाता था। यहां तक कि एक बार किसी बहस में गर्म होकर उसके एक दोस्त ने थप्पड़ मार दिया था, तो वह थप्पड़ भी उसने एक ऐसे खास अंदाज़ से खाया था, जैसे अंदाज़ में उसने उस एक्टर को एक फिल्म में थप्पड़ खाते देखा था। और मेरा ख्याल है—अपने-आपको किसी-न-किसी के साथ आइडेंटीफाई करने[1] के अपने स्वभाव

१. तादात्म्य संबंध स्थापित करना।

के कारण उसने इम्तिहान के एक पर्चे में एक पक्षी का पिंजरा बनाते हुए एक सोने का कमरा और एक गुसलखाना भी बना दिया था। वह उस दिन अपने मन में अवश्य अपने-आपको किसी चिड़िया या तोते के साथ आइडेंटीफाई कर रहा होगा।

यह पिंजरे और गुसलखाने वाली बात उन्हीं दिनों हुई थी। मैं मज़ाक करने के मूड में था, जब उसने कहा—हम सब खुदा के बेटे हैं, तो मेरे मुंह से निकल गया था, "हम सब नहीं, हममें से कुछ खुदा के एडॉप्टेड[१] बेटे भी हैं। बात यह है कि खुदा के अपने बेटे बहुत थे—पर सब अधिक ज़हीन नहीं थे। सो खुदा ने कुछ बहुत ज़हीन बच्चे चुनकर अपने बेटे बना लिए, मसलन तुम..."

यह बात इतनी फैल गई कि हीरू का नाम मशहूर हो गया—एडॉप्टेड सन ऑव गॉड।

पर कुछ दिनों में ही मुझे लगने लगा, मैंने उसके साथ बेइंसाफ़ी की है। लड़के उसे रुलाने की हद तक चिढ़ा देते थे। फिर जब तनवीर वाला हादसा हुआ, यह हीरू ही था, जिसने तनवीर को प्रोफेसर वाली साज़िश बताई थी (भले ही घबराहट के कारण बताई थी) पर मेरे मन पर उसके नाम के साथ चलाए मज़ाक का बोझ पड़ गया। बस, मज़ाक का कर्ज़ उतारने के लिए मैं उसका दोस्त बन गया। (यह दोस्ती शब्द केवल इतने अर्थों में है कि और कोई लड़का अभी गंभीर होकर उसकी बात नहीं सुनता था, पर मैंने उसकी हर बात ऐसे सुननी शुरू की, जैसे वह सचमुच सुनने वाली हो।) मेरी इस कोशिश को मेरी बद-दयानतदारी नहीं कहा जा सकता, भले ही इसमें एक बनावट ज़रूर शामिल थी। पर यह बनावट नेक-नियत थी।

उसकी ज़रूरत भी शायद इतनी ही थी, कि कोई उसकी बात को ध्यान से सुने, सीरिअसली[२] ले। कम-से-कम उस पर हंसे नहीं। और इतना मैंने कर लिया था। पर एक दिन कम्बख्त के हाथ में मैसमरेज़िम की किताब आ गई। पढ़ता रहा और अपने स्वभावानुसार उसने किताब के हीरों के साथ खुद को

---

१. गोद लिए।
२. गंभीरता से।

आइडेंटीफाई कर लिया, और सोचने लगा कि वह भी चाहे तो किसी को मैसमरेज़िम के असर में लाकर बांध सकता था।

अब सवाल यह था कि यह तजुरबा वह किस पर करे ? कोई भी तैयार नहीं था।

"आई एम रियली डेसपेरेट"[१]... एक दिन उसने मेरे पास आकर इस तरह कहा कि मुझे कहना पड़ा—"अच्छा, तुम मुझ पर तजुरबा कर लो..."

"मैं जितनी देर कहूंगा, तुम मेरे सामने बैठोगे ?"

"बैठूंगा !"

"मैं तुम्हारी तरफ स्टेयर[२] करूंगा..."

"करो..."

उसने हाथ में पकड़ी हुई किताब के पन्ने पलटे, कुछ पन्ने फिर से पढ़े, और फिर मुझे सामने बिठाकर उसने अपना तजुरबा शुरू कर दिया।

मैं आराम से बैठा रहा। उसके कहे अनुसार मैं उसकी तरफ देख रहा था। मुझे आंखें झपकाने की छूट थी। इसलिए आराम से आंखें झपका लेता था। पर उसकी आंखें नहीं झपकनी थीं, क्योंकि किताब में यही लिखा हुआ था, इसलिए वह पूरी तरह आंखें खोलकर बड़े ध्यान से मेरी तरफ देखता रहा...

माई गॉड ! बेचारे की क्या हालत हो रही थी। आंखें थककर लाल हो चली थीं, और आंखों में से पानी बहने लगा था।

"तुम्हें कुछ हो रहा है ?" बीच-बीच में वह मुझसे पूछ लेता।

"नहीं," मैं कह देता। कभी हंस भी पड़ता।

एक बार ख्याल आया—उसका मन रखने के लिए पूरी एक्टिंग शुरू कर दूं।—पर लगा—कहीं यह उसके मन में कोई ऐसा वहम ही न डाल दे कि उसका

---

१. मैं सचमुच हताश हो गया हूं।

२. टकटकी बांधकर देखना।

मन सदा के लिए ऐसे तजुरबे में लग जाए। इसलिए नहीं कहा।

यह पता था कि इस तजुरबे में अगर वह सफल न हुआ तो उसे कुछ दिन इसकी तकलीफ होगी, पर उसने जब भी इस किताब का पीछा छोड़ दिया, यह सब्जेक्ट भी उसे भूल जाएगा। फिर कोई नई किताब—नया हीरो और नई आइडेंटीफिकेशन...

हीरू की खैर थी—पर उस लड़की का कोई क्या करे जिसे किसी की शक्ल में अपने ड्रीम बॉय की सूरत दिखाई देने लगे...

मिस क्रैमलिन की बात सोचता था तो लगता था जैसे कोई किताब मैंने बीच में से पढ़नी आरंभ की हो, और मुझे इसकी कुछ समझ न आ रही हो—वह बड़ी ज़हीन लड़की थी, उसके विचार को हीरू के विचार के साथ नहीं जोड़ना चाहता था, पर फिर भी रह-रहकर लगता था—उसने हीरू की आदत की तरह स्वयं को जूलियट से आइडेंटीफाई कर लिया था, और मुझे रोमियो से...सिर्फ यह नहीं पता चलता था कि कितनी देर के लिए...

रोमियो और जूलियट दो दुश्मन घरानों के बच्चे थे, पर मैं और मिस क्रैमलिन—(मेरा ख्याल है मैं उसके असली नाम से ही उसकी बात करूं)—मैं और रिक्की दो अपरिचित घरानों के बच्चे थे, न दोस्ती का सवाल था, न दुश्मनी का। पर मालूम नहीं कैसे रिक्की के शांति भवन आने वाली बात उसके मां-बाप तक पहुंच गई थी और चाहे शांति भवन में जैसा मैं था वैसे विनोद तथा अशोक थे, और हम तीनों के अतिरिक्त भूपी तथा अन्य कितने ही, शाम को अक्सर वहां रहने वाले लड़के थे, पर रिक्की के मां-बाप को मेरा नाम खास तौर पर ध्यान देने वाला लगा था।

सो मैं, जो रोमियो नहीं था, रोमियो मान लिया गया था। रिक्की की तरफ से भी, और उसके मां-बाप की तरफ से भी। अंतर केवल यह था कि रिक्की की तरह यह चुनाव था—स्वाभाविक दोस्ती की शक्ल में। और उसके मां-बाप

की तरफ यह चुनाव था—स्वाभाविक दुश्मनी की शक्ल में।

दोस्ती स्वाभाविक होती है। सिर्फ दुश्मनी को पहली बार स्वाभाविक देख रहा था।

लग रहा था अगर रोमियो और जूलियट के दो घरानों की दुश्मनी एक ऐतिहासिक घटना थी, तो रिक्की के मां-बाप की नज़र में ऐसी हालत में दुश्मनी का होना स्वाभाविक ही था।

सो मैं, मेरा नाम, मेरा अस्तित्व, इस 'स्वाभाविक दुश्मनी' का निशाना थे। रिक्की के मां-बाप की तरफ से मुझे धमकी मिली थी कि मैं रिक्की से इस जन्म में कभी मिलने की कोशिश न करूं। पता नहीं 'इस जन्म' शब्द का इस्तेमाल करने की उन्हें क्या ज़रूरत थी ?

"शायद इसलिए कि उन्हें यह विश्वास न हो कि वे अगले जन्म में भी मेरे मां-बाप होंगे..." एक दिन रिक्की ने स्वयं मेरे इस सवाल का जवाब दिया था। कम्बख्त हंस रही थी।

इस धमकी के बावजूद वह एक दिन फिर शांति भवन आ गई थी। अपने 'हाउस अरेस्ट' की बातें भी सुना रही थी, और हंस भी रही थी।

शांति भवन मुझे बिजली के उस खंभे की तरह लग रहा था, जिसपर मैं खतरे के अलार्म की टिन प्लेट की तरह, एक भयानक खोपड़ी की शक्ल में होऊं...

यह मेरी नज़र में नहीं था, रिक्की के मां-बाप की नज़र में था, पर टिन प्लेट की खोपड़ी वाला रूप मुझे सख्त नापसंद था। इसलिए रिक्की से कहा, "पर तुम यह ख्वाहमख्वाह का खतरा मोल लेती हो ?"

"क्योंकि वह मुझ पर ख्वाहमख्वाह की सख्ती कर रहे हैं।"

रिक्की ने जवाब दिया।

सो यह 'ख्वाहमख्वाह' की 'ख्वाहमख्वाह' से लड़ाई थी। "पर इसका हस्र क्या होगा ?"

"फिर इंटेरोगेशन,[1] फिर हाउस अरेस्ट, फिर सख़्ती..."

"पर कितनी बार ? किस हद तक ?"

"शायद उस हद तक, जहां..." रिक्की कुछ चुप हो गई, पर फिर कहने लगी, "जिस हद तक कई थानों में होता है।"

लगा—रिक्की सिर्फ इतना ही नहीं कहना चाहती थी, इससे आगे भी कुछ कहना चाहती थी। शायद, जिस हद तक थानों में होता है, उसकी तशरीह करना चाहती थी। मैं चुपचाप उसकी तरफ देखता रहा।

उसने तशरीह की, "तुम्हें मालूम है, थाने वाले कई बार अपने मुल्ज़िम को खुद ही तीसरी मंज़िल से धक्का देकर मार देते हैं, और कह देते हैं कि मुल्ज़िम ने अपनी मरज़ी से आत्महत्या की है।"

मैं कांप-सा गया—धक्के और हत्या में जो अंतर था, वह कहां नहीं था ? और वह क्यों किसी की पकड़ में नहीं आ रहा था ?...

"एक और हस्र भी हो सकता है।" रिक्की ने कुछ सोचकर कहा।

"क्या ?"

"कि अचानक वह किसी दिन, किसी को पकड़कर, मेरा विवाह कर दें। पर यह भी तीसरी मंज़िल पर से धक्का देकर मार देने वाली बात है। क्यों, नहीं ?"

मैं रिक्की के बहुत मुलायम, पर बड़े सख़्त चेहरे की तरफ देखता रहा।

"एक और भी हो सकता है," रिक्की ने फिर कुछ सोचकर कहा।

"क्या ?" मेरी आवाज़ शिथिल-सी हो गई।

"तनवीर वाला।"

"क्या ?" लगा मेरी आवाज़ चौंक गई थी।

---

१. पूछताछ।

"जैसे तनवीर जलावतन हुआ था, मैं भी हो सकती हूं।" रिक्की हंस पड़ी और कहने लगी, "टीचर भी मां-बाप जैसे होते हैं। मिस्टर जोसेफ की ज़िद टूटती नहीं थी, तनवीर को देख छोड़ना पड़ा, मेरे मां-बाप की ज़िद भी, मुझे पता है, टूटेगी नहीं..."

हाल में मेरे दोस्त और रिक्की की सहेलियां रिकार्ड बजा रहे थे, और डांस कर रहे थे। रिक्की का जब से 'मिस क्रैमलिन' नाम पड़ा था, लगभग तभी से उसकी एक सहेली का नाम 'मिस ह्वाइट हाउस' पड़ गया था। यह 'फिश पौंड' गेम खेलते हुए नहीं पड़ा था, वैसे ही उसकी अंग्रेज़ी के अमरीकन लहजे से पड़ गया था। वह 'मिस ह्वाइट हाउस' अचानक धमाके-सी मेरे कमरे में आई और रिक्की की बांह पकड़ उसे उठाती हुई, मुझसे कहने लगी, "कम आन मिस्टर कपिल। यू सिली फिलासफर ! ज्वाइन अस।"[१]

मैं और रिक्की, दोनों हाल में जाकर, डांस करने लगे।

"अगर मैं भी तनवीर की तरह चार सौ सत्तर रुपये जमा कर लूं, बम्बई से बसरे की टिकट ले सकती हूं," रिक्की ने मेरे साथ डांस करते हुए अचानक मुझसे कहा।

लगा—तनवीर वाला हस्र, कुछ-न-कुछ, हम सबकी तकदीर थी।

मिस्टर जोसेफ वाली ज़िद शायद सारी हवा में थी—कहीं मां-बाप की सूरत में, कहीं पूरी राजनीति की सूरत में...

कौन था, जिसका कुछ-न-कुछ हिस्सा, जलावतन नहीं था...

रिक्की से केवल इतना-भर कहना चाहता था—'पूरी तरह जलावतन होना हर किसी के वश में नहीं होता। तनवीर मर्द था, रास्तों की धूल में अपने पांव मैले कर सकता था, पर तुम औरत हो...' पर यह भी कोई कहने वाली बात थी, एक औरत से अधिक किसे इस बात का पता हो सकता था...

और सचमुच रिक्की को पता था। कहने लगी, "तुम मेरे साथ चलोगे ?"

---

१. आओ कपिल, ओ निगोड़े फिलासफर, हमारा साथ दो।

जवाब में मैंने रिक्की के होंठ चूम लिए।

कितनी ही देर कुछ इस तरह लगता रहा—जैसे हम दोनों एक परदेसी ज़मीन पर खड़े थे, मीलों तक कोई जाना-पहचाना चेहरा नहीं था...किसी जगह रेत के ढेर थे, किसी जगह सिर्फ जंगल, किसी जगह सिर्फ पर्वत, और किसी जगह सिर्फ वह नगर, जहां हमारे लिए सिर छिपाने की कोई जगह नहीं थी...

रिक्की चलते-चलते थक गई थी, और मैं उसके होंठ चूम रहा था...

रिक्की भूख से बेहाल थी, और मैं उसके होंठ चूम रहा था...

रिक्की सर्दी के मारे कांप रही थी, और मैं उसके होंठ चूम रहा था...

रिक्की बुखार से बेहोश-सी थी, और मैं...

ओ माई गॉड ! मेरे पास, मेरे अतिरिक्त, क्या था, जो मैं रिक्की को दे सकता। और मैं—इस भूख, सर्दी और बुखार की दवा के लिए कितना नाकाफी था...

"अभी, एकदम नहीं, जब तुम डिग्री ले लोगे..." रिक्की ने खुद ही कुछ समझा, और खुद ही कहा।

कुछ अच्छा नहीं लग रहा था, केवल रिक्की का विश्वास अच्छा लग रहा था। और जिसके कारण, कमरे में बजता गीत अच्छा लग रहा था—लेट अस सो दि अर्थ विद क्रेज़ी ड्रीम्ज़...[१]

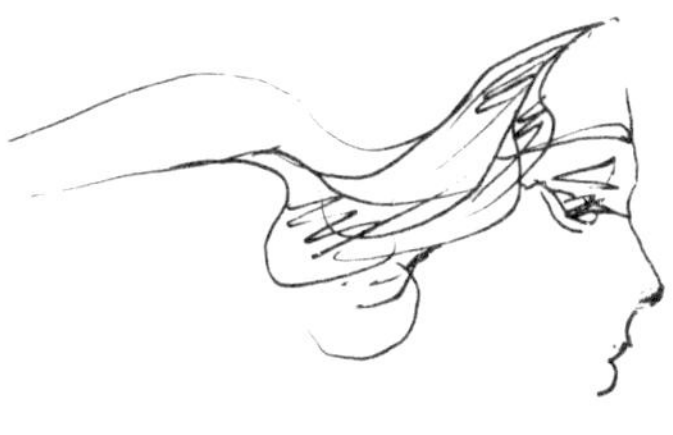

---

१. हम अपने रंगीले सपनों से धरती बोएं।

नौ

सिर्फ शीरीन नहीं, शीरीन की दोस्ती भी बड़ी सख्तजान थी...

जिस पारसी लड़के के साथ शीरीन की मंगनी होनी थी, हो गई। मंगनी के बाद उसने सिर्फ एक एतराज़ किया कि शीरीन मुझसे न मिला करे। पर शीरीन का एक ही जवाब था, मुझे ठीक और गलत की पहचान है। कपिल की दोस्ती मुझे उतनी ही ठीक लगती है, जितनी तुम्हारे साथ मंगनी। तुम मुझपर कोई ऐसी शर्त मत लगाओ कि मुझे तुम्हारे साथ अपनी मंगनी गलत लगने लगे...

सो शीरीन पर किसी का लगाया हुआ कोई बंधन नहीं था। वह अपनी मंगनी के बाद भी उसी तरह मिलने आती थी, जैसे अपनी मंगनी से पहले। रिक्की उसे अच्छी लगी थी, पर रिक्की का अपने बाप की शक्ति के आगे झुक जाना उसे अच्छा नहीं लग रहा था। एक दिन, वह मुझे भी बताए बिना, रिक्की के घर उससे मिलने चली गई।

वापस आई तो खीझी हुई थी—उसकी खीझ शायद सिर्फ रिक्की पर नहीं थी, रिक्की के गिर्द लपेटे हुए उस जाले पर भी थी, जिसमें फंसी हुई रिक्की, रोए जाती थी, और अपनी जान तोड़े जाती थी।

कोई बात नहीं करती, हर बात के जवाब में रोए जाती है, और कहे जाती

है—"माई ईडियट फादर विल नेवर अंडरस्टैंड।"[1] शीरीन ने मुझे बताया और यह भी बताया कि पिछली बार जब वह आई थी, उसके बाप ने उसके पीछे एक नौकर भेजकर पता कर लिया था कि वह कितनी देर यहां ठहरी थी...

'बाप' शब्द के साथ 'ईडियट' शब्द जोड़ना, साधारण-सी घटना नहीं...

इस शब्द पर संस्कारों के बड़े सख्त खोल चढ़े हुए होते हैं—लोहे के पंजों की तरह। और इस शब्द को लोहे के पंजों में से निकालकर मुहब्बत या नफरत के असली रूप में देखना बहुत कठिन है। शीरीन के मुंह से रिक्की के मन की हालत सुनकर, बेचैनी का अजीब अहसास हुआ...

पता था—यह केवल बाप के लिए नहीं, बाप को जिस माहौल ने जिस तरह का बनाया है, यह शब्द उस सब फैलाव के लिए है, और यह शब्द, रोष और घृणा की जिन जड़ों में से उगा है, वे जड़ें केवल एक रिश्ते या एक घर की सीमाओं तक सीमित नहीं, वे सारे सामाजिक ढांचे की मिट्टी में फैली हुई हैं...

किसी भी गलत ढांचे से रोष या घृणा, स्वयं में जीवन की निशानी है, सदा रही है, ज़िंदा डंक की तरह। पर इसके डंक को वर्षों सीने में छुपाए रहकर, कोई बिरला ही साबुत रह सका है। प्रायः समझौते की शक्ल में, आदमी इसकी पीड़ा से मुक्ति ढूंढ़ निकालता है। या फिर इसकी पीड़ा से टूटकर, बड़ी असंतुलित-सी आदतों में, कहीं पनाह ढूंढ़ने लग जाता है...

मैं परेशान था—रिक्की का क्या होगा ? नफरत सिर को ज़हर बनकर भी चढ़ती है, और ज़हर से ज़हर को काटने वाली दवा बनकर भी मिलती है...

रिक्की को देख नहीं सकता था, कुछ पूछ नहीं सकता था, कुछ कह नहीं सकता था, इसलिए केवल सोचे जा रहा था...

विनोद भी परेशान था। बड़ी कठिनाई से कुछ पैसे जमा कर उसने अपने पेंटिंग्ज़ का वन-मैन शो किया था, पर उसकी गुमनामी की कोठरी में उसी तरह अंधेरा रहा था। कहीं कोई चर्चा नहीं थी।

१. मेरे मनहूस पिता कभी नहीं समझेंगे।

"अरेंज्ड पब्लिसिटी, आई हेट इट..."[1] विनोद, कड़वे थूक की तरह, इस शब्द को थूकता रहा था, या गले के नीचे उतारता रहा था, पर इससे अधिक वह कुछ नहीं कर सकता था।

अचानक उसको एक क्रेज़ी आइडिया सूझा। उसने फिर एक आर्ट-गैलरी बुक करवाई। इस बार सारा इंतज़ाम अकेले उसने किया। हमसे, अपने करीबी दोस्तों से भी, न पैसों की मदद ली, न चित्रों को चुनने-चुनाने में।

गैलरी के बाहर एक बहुत बड़ा पोस्टर लगाया—'रियली रियलिस्टिक पेंटिंग्ज़'[2]। गैलरी को वह हर समय ताला लगाए रखता था। उसका कहना था—इस बार वह दोस्तों, दुश्मनों, सबको एक सरप्राइज़[3] देगा। गैलरी का ताला, उसे सिर्फ उस समय खोलना था, जिस वक्त, नुमाइश की ओपिनिंग[4] का समय, उसने पोस्टर पर लिखा हुआ था।

समय हुआ। हम सब दोस्त भी, नुमाइश देखने आए बाकी लोगों की तरह दरवाज़े के बाहर खड़े थे। विनोद ने घड़ी देखी और फिर ऐलान किए हुए समय के अनुसार, गैलरी का ताला खोल दिया।

ओ खुदाया...

एक जगह लिखा हुआ था 'पोर्ट्रेट ऑव ए कैट' और उसके नीचे एक बिल्ली को मारकर कील से टांगा हुआ था।

एक जगह लिखा हुआ था 'पोर्ट्रेट ऑव ए माउस' और उसके नीचे एक चूहे को मारकर कील से टांगा हुआ था।

और इसी तरह—कबूतर...कौआ...चिड़िया...

कोई जगह—सिर्फ एक कील थी, एक कैंची, एक चाकू या पेंसिल, ब्रश या इसी तरह की कोई दूसरी चीज़। और हर एक पर एक-एक टाइटिल था...

---

१. योजनाबद्ध प्रचार, मुझे इससे नफरत है।

२. यथार्थतः यथार्थवादी पेंटिंग।

३. चकित।

४. खुलने।

मैंने घबराकर उससे मज़ाक किया—"ह्वाट अबाउट दि सेल्फ पोर्ट्रेट ?"[1]

"वह आखिरी आइटम होगा," विनोद हंस दिया, और कहने लगा, "उससे पहले एक और बहुत ज़रूरी आइटम रहता है। 'पोर्ट्रेट ऑव एन ईडियट क्रिटिक'[2]।"

मैं कांप-सा गया—वही शब्द...रिक्की वाला...ईडियट फादर...

अगर कहीं तनवीर यहां होता, मुझे लगा, तो वह विनोद को 'पोर्ट्रेट ऑव इन ईडियट टीचर' बनाने के लिए ज़रूर कहता।

लगा—अलग-अलग दिख रहे हर टाइटिल के पीछे सिर्फ एक ही टाइटिल था 'दि ईडियट सिस्टम'[3]।

तनवीर न मालूम कहां था, रिक्की पता होते हुए भी पता नहीं कहां थी, सिर्फ विनोद सामने था—मैंने उसके गिर्द बांहें लपेटकर एक बार उसे बांहों में लिया और फिर गैलरी के बाहर उन सड़कों पर आ गया, जो कहीं से चलकर कहीं नहीं पहुंचती।

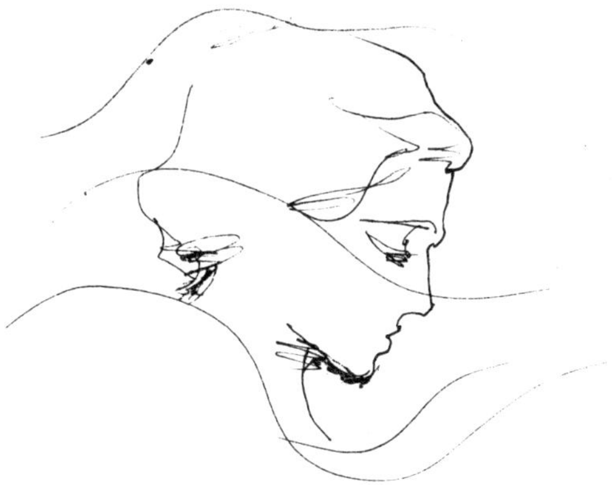

१. अपना पोर्ट्रेट कब बनाओगे ?

२. मनहूस आलोचक का पोर्ट्रेट।

३. मनहूस प्रथा।

दस

मिस ह्वाइट हाउस आई थी, रिक्की की सहेली। उसकी ज़बानी सिर्फ यह पता लगा कि रिक्की को बहुत पीटा गया था। पर कई दिनों की लगातार पिटाई के बाद भी जब वह टूटी नहीं थी, तो उसके बाप ने सब हथियार छोड़कर एक दिन उससे पूछा था, ''तुम्हें कपिल पसंद है ? तुम उससे मिलना चाहती हो ?'' और जवाब में जब रिक्की ने हां की थी, तो उसके बाप ने एक आखिरी हथियार पकड़ लिया था, ''फिर मेरे और कपिल में से जिसको मरज़ी है चुन लो,'' और रिक्की चुप की चुप रह गई थी।

यह सब कुछ सुनकर बोला नहीं गया। मैं भी शायद रिक्की की तरह चुप का चुप रह गया था...

हीरू उस समय मेरे पास बैठा था, सिर्फ वह बोला, ''इजंट ही ए परवर्ट ?''[1]

एक लड़के की दोस्ती में और एक बाप के रिश्ते में भला क्या मुकाबला होता है ? दोनों को एक सतह पर रखकर, एक को छोड़ने का, और दूसरे को चुनने का सवाल भी कोई सवाल है ? हीरू पागल लड़का भी इसे परवर्शन[2] कह सकता था। पर मुझमें यह कहने की भी शक्ति नहीं रह गई थी...

---

१. क्या वह बहका हुआ नहीं है ?

२. बहक।

चुप था, चुप हूं...

जिन दिनों की यह बात है, उन दिनों हमारे इम्तिहान हो रहे थे। मैंने बहुत सोचा था कि रिक्की को न सोचूं। कम-से-कम इम्तिहान के दिनों में न सोचूं। वैसे भी मैंने कभी रिक्की को अपनी ज़िंदगी से नहीं जोड़ा था—अपना-आप हमेशा ख्वाहमख्वाह का रोमियो बना लगता रहा था—और रिक्की का अपने बाप की सख़्ती को सहन करना मुझे कभी इतना अपने लिए नहीं लगा था, जितना उसकी सादा-सी मरज़ी को भी मोड़ देने में से पैदा हुए उसके रोष के लिए लगता था...तो भी मैं परेशान था, और रिक्की को सोचे जा रहा था।

उस दिन हमारी टेक्नीकल ड्राइंग का पेपर था—मुझे कुछ पता नहीं कि मैंने वह पेपर कैसा किया था। सिर्फ शाम को जब मेरे साथ पढ़ते फोर्थ ईयर के कुछ लड़के बड़े फिक्रमंद-से लगे—मैं भी अपने पेपर के बारे में सोचने लगा। वे मुझसे भी मेरे पेपर के बारे में पूछ रहे थे—पर मैं कुछ ऐसी हालत में था कि उन्हें कुछ बताने के पहले, मुझे यही कुछ खुद से पूछना पड़ रहा था...

पेपर शाम को हुआ था—तीन बजे से छः बजे तक, और यह पता था कि चाहे एग्ज़ामिनेशन हॉल में इस समय ताला लगा हुआ था, पर सबके पेपर उसी तरह सबकी मेज़ों पर पड़े हुए थे। बहुत-से लड़के जब एक-दूसरे से पूछ-ताछकर चले गए, तो दो लड़के मेरे पास बैठे रहे। मेरे दोस्त नहीं थे, सिर्फ वाकिफ थे। उन दोनों को कुछ ज़्यादा ही फिक्र थी, कुछ सवाल वे वैसे के वैसे छोड़ आए थे।

"अगर कभी सिर्फ एक घंटे के लिए, या आधे घंटे के लिए, हमारे पेपर हमारे हाथ लग जाएं..." वे दोनों कहे जा रहे थे, और मुझसे पेपर के बारे में पूछे जा रहे थे।

मैं अपने पेपर के बारे में कुछ भी नहीं बता सकता था, मुझे खुद पता नहीं था।

"मुश्किल यह है कि हॉल तीसरी मंज़िल पर है," एक बोला।

मुझे समझ नहीं आ रहा था कि अगर हॉल पहली मंज़िल पर भी होता तो क्या फर्क पड़ता।

"समझे नहीं ?" दूसरे ने कहा।

"नहीं।"

"दरवाज़ा भी बंद है और खिड़कियां भी, पर रोशनदान खुले हैं...अगर किसी रोशनदान में से लांघकर सिर्फ आधे घंटे के लिए हम अपने पर्चे ला सकें..." एक ने मुझे विस्तार से बताया, "जेब में बैटरी ले जाई जा सकती है या दियासलाई की तीली जलाकर अपना रोल नंबर देखा जा सकता है और फिर आधे घंटे बाद उसी तरह के पर्चे वहां रखे जा सकते हैं..."

"टू रिस्की[१]..." यही लगा था, कह दिया।

"रिस्की नहीं, एक कोई पाइप के सहारे चढ़ जाएगा, दो नीचे दूर मोड़ों पर खड़े रहेंगे," दोनों ने मुझे विस्तार से समझाया, "अगर कोई उधर से गुज़रने लगा, तो नीचे खड़े होने वाले किसी बहाने थोड़ी दूर ही उसे रोक लेंगे... सिर्फ मुश्किल यह है कि हम दोनों में से किसी को पाइप पर चढ़ना नहीं आता..."

"फिर ?" मैंने पूछा।

"तुम्हें जिमनास्टिक आती है–तुम अगर पाइप पर चढ़ जाओ..." उन्होंने कहा।

मैं कुछ देर सोचता रहा। मेरा पेपर भी शायद अच्छा नहीं हुआ था, कुछ ऐसा ही इम्प्रेशन[२] था। पता नहीं यह मन का डिप्रेशन[३] था, कि अपने पेपर का सचमुच कुछ लोभ-सा जाग पड़ा था, मैं मान गया।

हम तीनों काफी देर तक इमारत के पिछले हिस्से वाले बगीचे में घूमते रहे। जब लगा कि उस तरफ से लोगों का आना-जाना खत्म हो गया है, तो वे दोनों लड़के दोनों मोड़ों की तरफ दूर जाकर खड़े हो गए। मेरे सारे बदन पर पसीना आ रहा था–खासकर माथे पर। पर कह चुका था, अब पाइप पर चढ़ना था।

---

१. बहुत संकटपूर्ण।

२. छाप।

३. गिरावट।

नीमहोशी-सी में पाइप की चढ़ाई भी खत्म की, रोशनदान में अंदर छलांग भी मारी, माचिस की तीली जला तीनों रोल नंबर भी ढूंढ़े, तीनों पेपर भी कमीज़ के बटन खोलकर कमीज़ के अंदर रखे, और फिर उसी तरह वापस भी आया...

वे दोनों लड़के होस्टल के एक ही कमरे में रहते थे। मैं होस्टल में नहीं रहता था, इसलिए अपने पेपर को लेकर अपनी हवेली के कमरे में जाना था, या उन लड़कों के कमरे में। उनके पेपर उन्हें देकर मैं अपनी हवेली के कमरे की तरफ चल पड़ा...

फिर पता नहीं क्यों—अपना पेपर लेकर अपने कमरे में जाने को मन नहीं हुआ। मैं हवेली तक गया भी, पर कमरे में नहीं। हवेली के बाहर वाले बगीचे में घूमता रहा...

पेपर को एक बार खोलकर देखा भी नहीं...

पता नहीं कितना समय गुज़र गया, शायद आधा घंटा ही हुआ होगा, या कुछ ज़्यादा, वे दोनों लड़के मुझे ढूंढ़ते मेरे पास आ गए। जब सारे पेपर फिर वापस रखने थे...

पेपरों को वापस, उसी हॉल की उन्हीं मेज़ों पर रखने का सिलसिला भी उसी तरह बिना किसी अड़चन के हो गया, जिस तरह निकालते वक्त हुआ था...

यह सब कुछ मैं किस तरह कर गया, मुझे कुछ समझ नहीं आया...

अपना पेपर अगर इतना खतरा मोल लेकर लाया ही था, तो फिर उसे खोलकर, उसमें कुछ भी लिखने का उत्साह क्यों नहीं रहा था, इसको मैं कभी नहीं समझ सका...

यह एक खतरनाक हरकत थी, मैं कर गया था। पर जब पेपर हाथ में था, उसे खोलने की, और उसमें कुछ लिखने की, बड़ी मामूली-सी हरकत थी, पर वह नहीं हुई...यह क्या था ?

क्या यह भी भीतर की किसी चुप की कोई शक्ल थी ?

वे दोनों लड़के बहुत खुश थे। मेरे अहसानमंद भी। पर उन्हें भी मैंने यह बात नहीं बताई। बताने का मन नहीं हुआ। न मालूम यह कैसी चुप थी...

ग्यारह

चुप था, चुप हूं।

लगता है—यह चुप कभी नहीं टूटेगी ! न इसे मैं तोड़ सका हूं, न वक्त तोड़ सका है।

वक्त ने और बहुत कुछ तोड़ा है—मसलन शांति भवन, जिसकी जगह उससे अगले साल ही इनकमटैक्स की एक सरकारी इमारत बनने लगी थी... (इनकमटैक्स की बन रही इमारत को देखकर एक दिन विनोद ने कहा था—जहां ज़िंदगी को न कमाने का मौका हो, न खर्चने का, वहां सांसों पर टैक्स लगाना चाहिए। लोगों की सांसों में से रोज़ कुछ सांसें निकालकर हुकूमत के बुत में डाल देनी चाहिए...)

और वक्त ने विनोद को भी तोड़ा है—पिछले एक वर्ष से विनोद पागलखाने में है...(एक बार मैं उससे मिलने गया था, उसने मुझे पहचाना नहीं था, पर मैंने उसे गाते हुए सुना था 'आई एम दि बेस्ट क्रिएशन ऑव गॉड ब्लैस्ड विद हॉरर एंड मिज़री...'[१])

तनवीर के बारे में खबर मिली थी कि वह खुफिया राजनीतिक पार्टी में

---

१. मैं ईश्वर की सर्वोत्तम रचना हूं, जिसे आपत्ति और संकट प्रदान किए गए हैं।

शामिल हो गया था, और विदेशी हथियारों की स्मगलिंग के जुर्म में, पुलिस के हाथों ज़ख्मी होकर पकड़ा गया और अब किसी जेलखाने में है।

अशोक अजीब तरह से टूट गया है—तकरीबन हर सरकारी इमारत पर कुछ मोज़ेक बनाने का ठेका उसे मिलता है, जिसके लिए सरकारी अफसरों को रिश्वत देने की उसकी दरें निश्चित हैं। अब वह पेंट नहीं करता। कई छोटे कारीगर अपने मातहत रखे हुए हैं, और स्वयं केवल सरकारी दफ्तरों से संबंध बनाए रखने का प्रबंध करता है...

शीरीन बड़ी सख्तजान है। उसे विवाह करना था, किया, पर उसका खाविंद उसे वफा और अंडरस्टैंडिंग जैसा कुछ नहीं दे सका जिसकी उसे सबसे ज़्यादा ज़रूरत थी, और जिसकी वह हकदार थी। उसकी एक छोटी-सी बच्ची है, और खुद वह किसी स्कूल में नौकरी करती है। विवाह अभी भी साबुत दिखाई देता है, पर वह रोज़ जैसे उसे, जहां से भी उधड़ता है, टांके लगा सीती रहती है...एक बार फ्रांस के बारे में कही हुई किसी की एक बात कहीं पढ़ी थी, 'फ्रांस हैज़ बीन कांकर्ड बट नाट डिफीटेड' शीरीन के बारे में भी कुछ ऐसा ही है—वह टूटी है पर हारी नहीं...

मेरा, अगर वक्त ने कुछ और नहीं तोड़ा, तो उमर का एक टुकड़ा अवश्य तोड़ दिया है, और रोज़ तोड़े जा रहा है...पढ़ाई के साल पूरे करने के बाद डिग्री मिल गई थी, एक छोटी-सी नौकरी भी। और घड़ी की सुइयों की तरह मैं, घर से दफ्तर, दफ्तर से घर घूमता हूं, और रोज़ एक दायरे में घूमे जाता हूं...

और रिक्की ?

रिक्की मिली थी। किसी खत या खबर की तरह नहीं, प्रत्यक्ष।

कुछ दिनों से खत आ रहे थे कि मेरी नानी उदास थी, कुछ बीमार भी। मां कह रही थी कि मैं गाड़ी में जाकर, गांव नानी से मिल आऊं या उसे साथ ले आऊं (पढ़ाई खत्म कर, वापस मां के पास आने पर, मां ने—एक बहुत नई तो नहीं, पर एक गाड़ी खरीदकर मुझे दी थी)। मैं सुबह-सुबह, जब पहर-भर अंधेरा था, अपने शहर से चल पड़ा था। एयर लाइन के दफ्तर के साथ एक पेट्रोल पम्प था, जहां से गाड़ी की टंकी भरवा रहा था, कि एयर लाइन के दफ्तर के

आगे, हवाई अड्डे से आकर जो बस खड़ी हुई, उसमें से रिक्की उतरी...

रिक्की ने मुझे देखा, मैंने रिक्की को...

ध्यान नहीं, पर नज़र उधर से हटाना चाहता था, कि रिक्की मेरे पास आकर खड़ी हो गई।

बस में से उतरे, और उतर रहे सब लोग, मुझे रिक्की के साथ जुड़ी हुई परछाइयों की तरह लग रहे थे—पता नहीं इनमें से कौन था जो अभी रिक्की की बांह पकड़ उसे दूर ले जाने वाला था...इसलिए मैं परछाइयों की ओर देखता रहा। बोला नहीं गया।

"मैं अकेली हूं, मेरे साथ कोई नहीं," रिक्की ने कहा। उसने मेरी चुप को शायद समझ लिया था।

रिक्की का एक सूटकेस बस में था। रिक्की को अपना सूटकेस लेना था, 'एक मिनट', कहकर जब वह मुड़ी और सूटकेस ले आई, मैं उसका सूटकेस अपनी गाड़ी में रखते हुए पहली बार बोला। कहा, "चलो, तुम्हें जहां जाना है, छोड़ आऊं।"

रिक्की ने कहा कुछ नहीं, गाड़ी में मेरे बाईं ओर बैठ गई। गाड़ी की स्टीयरिंग पर हाथ रखकर, जब सामने शीशे में से बाहर वाली सड़क को देखा—पता नहीं लग रहा था, यह किस शहर की कौन-सी सड़क थी...

एक्सीलरेटर पर पांव रखा, गाड़ी सामने की तरफ बढ़ी और फिर सामने वाली सड़क खत्म हो गई...

कहीं मुड़ना था—बायें या दायें, इसलिए रिक्की से पूछा, "गाड़ी को किधर मोड़ूं ?"

"जिधर जी चाहे," रिक्की ने ऐसे कहा, जैसे वही एक स्वाभाविक जवाब था।

"जिधर भी मोड़ूं, उधर ही तुम्हारा घर आ जाएगा ?" मुझे हंसी-सी आई।

रिक्की हंसी नहीं। कहने लगी, "जिधर मोड़ोगे, उधर ही घर नहीं होगा।"

अपना पांव एक्सीलरेटर पर रखने की जगह, लगा—मैंने अपने ख्यालों पर रख लिया था, और वे बड़े तेज़, पता नहीं किधर को, जा रहे थे...

"तुम इतनी सुबह कहां जा रहे थे ?"

"शहर से कोई सौ मील दूर, अपनी नानी के गांव।"

"फिर गाड़ी चलाए जाओ, खड़ी किसलिए की है !"

"तुम मेरे साथ चलोगी ?"

"हां।"

मैं गाड़ी उस सड़क पर ले आया, जो शहर से बाहर जाती थी, पर सोच रहा था, अभी नहीं तो ज़रा ठहरकर, रिक्की, फिर गाड़ी को शहर की तरफ घुमाने के लिए कहेगी।

रिक्की ने कुछ भी नहीं कहा।

थोड़ी देर बाद ही मुझे कहना पड़ा, "गांव से वापस आने तक रात हो जाएगी, यहां पीछे कोई तुम्हारा इंतज़ार कर रहा होगा..."

"यहां कोई नहीं। सिर्फ पासपोर्ट बनवाने के लिए इस शहर में आई थी। पासपोर्ट आज न सही, कल बनवा लूंगी।"

यह सारा दिन कैसे बीतेगा...यह अचानक मुझे क्यों और कैसे मिला था ...किसलिए मिला था...कुछ नहीं समझ आ रहा था।

यह दिन, कुछ ऐसे लग रहा था, जैसे सड़क पर चलते-चलते अचानक सड़क पर से, कोई कीमती चीज़ मिल गई हो...और वह कीमती चीज़, अपनी लगने की जगह, हाथों में इतनी बेगानी-सी लग रही हो, कि आदमी वह चीज़ उसके असली मालिक को लौटाने के लिए, उसे ढूंढ़ने निकल पड़ा हो...

"तुम्हें पता है—मेरी शादी हो गई है," रिक्की ने अचानक बताया।

"अंदाज़ा था, पर पता नहीं था।"

"वह आजकल इंग्लैंड में है, इसीलिए इंग्लैंड जाना है," रिक्की ने बताया,

और फिर हंसने लगी। कहने लगी, "तुम्हें याद है एक बार मैंने चार सौ सत्तर रुपये जमा कर बम्बई से किश्ती में बसरा जाने की बात कही थी..."

मैं रिक्की को कुछ भी याद नहीं करवाना चाहता था, इसलिए बात का जवाब नहीं दिया।

"तुम्हें भूल गया है ?" रिक्की ने फिर कहा।

"नहीं," मुझे कहना पड़ा।

"चार सौ सत्तर रुपये मेरे टिकट के, और चार सौ सत्तर रुपये तुम्हारे टिकट के..." कम्बख्त रिक्की ने फिर विस्तार से कहा।

जवाब में हंसने की कोशिश की...

"अब चाहे मेरे पास कितने भी पैसे हों, और चाहे तुम्हारे पास भी बहुत पैसे हों, पर वह चार सौ सत्तर रुपये किसी के पास नहीं हो सकते..." रिक्की कह रही थी, और मैं सोच रहा था कि रिक्की कभी इस तरह जज़्बाती नहीं होती थी...

"एक और खबर भी तुम्हें सुनानी है..." अचानक फिर रिक्की ने कहा।

"क्या ?"

"कि मेरा एक बच्चा भी है, एक लड़का। उसे तीन-चार दिनों के लिए पीछे अपने मां-बाप के पास छोड़ आई हूं।"

बच्चा कितना बड़ा था, उसका क्या नाम था और बच्चे का बाप कैसा था, क्या करता था, यह विवाह रिक्की की मरज़ी से हुआ था कि नहीं...कितनी ही बातें थीं जो रिक्की से पूछना चाहता था, पर रिक्की ने सब कुछ एक ही बार में अखबार की खबरों की तरह सुनाकर, फिर कह दिया—"इट हैज़ नो रिपीट वैल्यू, लेट अस टॉक समथिंग एल्स..."[१]

---

१. इसे दुहराने से कोई लाभ नहीं। कोई और बात करें...

फिर और बातें करने की जगह, हम चुप-से हो गए। यह और क्या था--जो बातों की पकड़ में नहीं आ रहा था--पर था।

इसी 'और' को थोड़ा-सा पकड़ने की रिक्की ने फिर कोशिश की, "मेरे और मेरे बाप में से किसी एक को हारना था, सो वह नहीं, मैं हार गई हूं। अगर मैं नहीं, वह हारता, तो भी शायद सुखकर न होता। अब वह खुश है, मां खुश है, सब खुश हैं..."

"तुम ?"

"ज़िंदगी के सब आराम हैं, क्यों, ज़ाहिर नहीं ?"

"ज़ाहिर है।"

"फिर आज का दिन...अभी, अचानक, यह एक दिन, मुझे अपनी ज़िंदगी में से चुराने का मौका मिला है, और मैंने इसकी चोरी कर ली है। इतनी जल्दी से कि तुमने भी इसकी ज़रूरत नहीं पूछी। इसका मतलब--मुझे कहीं, किसी जगह, इसकी बड़ी ज़रूरत थी। क्यों, ज़ाहिर नहीं ?"

"ज़ाहिर है," मैंने कहा, पर सोच रहा था--यह ज़ाहिर क्या है ? जो सीधी तरफ से भी वही है, और उल्टी तरफ से भी वही।

पता नहीं कितने मील गाड़ी के पहियों के नीचे से गुज़र गए थे। काफी दिन चढ़ आया था--जिस वक्त ख्याल आया--रिक्की ने कुछ खाया नहीं था। मैं सुबह बड़ी जल्दी निकल आया था, पर चाय पीकर चला था। मां ने गाड़ी में भी कुछ फल, बिस्कुट और थर्मस में चाय डालकर रख दी थी, इसलिए रिक्की को कुछ खाने के लिए कहा।

रिक्की ने थर्मस में से लेकर चाय पी, मेरे लिए भी डाली, और चाय देते हुए कहने लगी--"लास्ट राइड टुगैदर।"[१]

---

१. साथ-साथ अंतिम यात्रा।

"फर्स्ट राइड टुगैदर"[१]—मैंने जवाब में कहा। यह सचमुच पहला सफर था, इससे पहले मैं और रिक्की कभी एक छोटी-सी सड़क पर भी साथ-साथ नहीं चले थे। पर रिक्की जो कह रही थी, वह भी सच था। इसके बाद हमें कब कहां जाना था।

और फिर अचानक पक्की सड़क से एक कच्चा रास्ता अलग होता दिखाई दिया—जो मेरी नानी के गांव की तरफ जाता था, और जिसके एक किनारे पर लकड़ी का वह खंभा लगा हुआ था, जिसकी तख्ती पर लिखा हुआ था—फतहगढ़।

कच्चे रास्ते पर धूल थी। गाड़ी बहुत आहिस्ता कर ली थी, पर धूल के गुब्बारे-से उठकर आंखों के आगे फैल रहे थे। रिक्की की ओर वाला शीशा बंद करते हुए मैंने उससे मज़ाक किया, "बम्बई से बेड़ी में बैठकर हम बसरे जाते तो आगे कुवैत आना था, वहां सिर्फ रेत ही रेत है, वहां ऐसे ही रेत के गुब्बारे उठते..."

"वहां मैं हर वक्त थर्मस में पानी डालकर रखती, और तुम्हें थोड़ी-थोड़ी देर बाद पानी पिलाती रहती..." रिक्की हंस पड़ी।

"और फिर तुम इस सब कुछ से कितने दिनों में ऊब जातीं ?" मैंने पूछा।

"ऐसे ही मुंहज़बानी कुछ कहने से क्या होता है," रिक्की ने कहा तो लगा शायद रिक्की ने बात को टाला था।

"अब कोई सबूत नहीं हो सकता, इसलिए मुंहज़बानी ही सही," मैंने फिर कहा, शायद ख्वाहमख्वाह बात को खींच रहा था।

"सबूत हो सकता है," रिक्की ने उत्तेजित होते हुए कहा, तो कुछ हैरानी-सी हुई।

पूछा, "वह कैसे ?"

"अभी, यहां से, किसी रेगिस्तान को गाड़ी मोड़ लो, चाहे कुवैत की रेत हो, और चाहे कहीं और की..." रिक्की ने एक ही सांस में कहा। मेरी सांस

---

१. साथ-साथ पहली यात्रा।

कुछ गर्म-सी हो गई, और शायद ज़बानी भी कह गया, ''पहले रास्ते में सिर्फ बाप था, अब...''

''अब तीन लोग। एक मेरा बाप, एक मेरा पति, एक मेरा बच्चा। पर कपिल ! जो एक बार नहीं होता, तुम्हारा क्या ख्याल है, वह कभी नहीं होता ? क्या पता मेरी एक बार की हार ने मुझे क्या कर दिया हो, कि मैं उससे तीन-गुना मुश्किलों के सामने...'' रिक्की के आगे के शब्द उसके गले में भीग गए लगे।

बात हंसी से शुरू हुई थी, पर पता नहीं किस समय कौन-सा मोड़ मुड़ गई थी...

रिक्की कह रही थी, ''अभी मैंने कहा था 'लास्ट राइड टुगैदर' पर तुमने कहा था 'फर्स्ट राइड टुगैदर'—तुम इसे सचमुच फर्स्ट राइड नहीं बना सकते ?''

''यू आर रियली मैड,''[१] मैंने जवाब दिया, और अपना बायां बाजू, अपने पास बैठी रिक्की के कंधों पर रख दिया।

''तुम्हें याद है—आख़िरी दिन, आखिरी बार, जब हमने डांस किया था, उस दिन रिकार्ड का कौन-सा गीत था ?'' रिक्की ने मेरी बांह पर सिर टिका दिया, और वह गीत गुनगुनाया, ''लैट अस सो दि अर्थ विद क्रेज़ी ड्रीम्ज़...''

''पर रिक्की,'' (मुझे लगा—मेरा कोई ख्याल मुझसे भी प्रबल था) और मेरे मुंह से निकला, ''इस धरती में गीत नहीं उगते।''

उस समय मेरे मन में—मेरे सामने—न मैं था, न रिक्की, न रिक्की का कोई बाप या पति, सिर्फ रिक्की का बच्चा था, जिसे मैंने कभी देखा नहीं था...

नहीं, वह बच्चा मैं स्वयं था...

मेरे मां-बाप, जब एक-दूसरे से अलग हुए थे, मैंने वह बच्चा देखा था...

मैं जब बड़ा हो गया था, मर्द बन गया था, पर वह बच्चा मुझे अभी भी याद था...

---

१. तुम सचमुच पागल हो।

और उसी बच्चे जैसा रिक्की का बच्चा था...

मैंने जिस बच्चे को हर समय सहमते, डरते और रात को कम्बल में मुंह छिपाकर रोते हुए देखा था, उस बच्चे की शक्ल भी रिक्की के बच्चे जैसी थी...

नहीं, रिक्की के बच्चे की शक्ल, उस बच्चे जैसी होने वाली थी...

नहीं...नहीं...मैं रिक्की के बच्चे की शक्ल उस बच्चे जैसी नहीं होने दूंगा...

मैंने रिक्की के कंधों पर से अपना बाज़ू उठा लिया। मन हुआ—अगर रिक्की का बच्चा इस वक्त यहां हो, मैं ज़ोर से उसे अपने सीने से चिपका लूं, और उसका मुंह चूमकर उससे कहूं—मैं तुझे कुछ नहीं दे सकता, पर मैं तुझसे कुछ छीनूंगा भी नहीं...

धूल के गुब्बार आंखों के आगे उड़ते रहे। रिक्की ने फिर अपना चुप और उदास मुंह मेरे कंधे पर रख दिया था। रिक्की उदास थी, मैं उदास था, पर मेरा ख्याल है—उस वक्त कहीं दूर, किसी पालने में पड़ा हुआ एक बच्चा हंस रहा था...

गाड़ी के शीशे बंद थे, पर गर्द फिर भी हमारे कपड़ों पर पड़ रही थी। कपड़ों पर से कुछ मिट्टी झाड़ते हुए, अपनी और रिक्की की उदासी को भी झाड़ना था—इसलिए हंसकर कहा, "इस जगह का नाम किसी ने फतहगढ़ क्यों रखा ? शायद इसलिए कि बहुत सारी मिट्टी को फतह करके जाना पड़ता है..."

"इस फतह शब्द के जाने क्या अर्थ हैं ?" रिक्की को कुछ याद आया, और कहने लगी, "मोड़ वाली तख्ती पर जिस वक्त मैंने फतहगढ़ लिखा हुआ देखा था, तब से सोचे जा रही थी कि इसके क्या अर्थ हुए। अजीब स्पैलिंग थे—पी एच ए टी ई एच।"

"बिल्कुल नहीं, मैंने खुद तख्ती पर लिखा हुआ यह नाम पढ़ा था—एफ ए टी ई एच," मैंने कहा। मुझे अच्छी तरह याद था कि यही स्पैलिंग थे।

"बिल्कुल नहीं," रिक्की ने इनकार किया, और पूछा, "रही शर्त ?"

"शर्त—जो तुम कहो," मैंने जवाब दिया। मुझे विश्वास था कि मैं ठीक हूं।

रिक्की को भी विश्वास था कि वह ठीक थी, सिर्फ वह कोई बहुत बड़ी शर्त सोच रही थी।

"तुम जो शर्त कहो," मैंने अपने शब्दों को दुहराया। मुझे जीतने में रत्तीभर भी शक नहीं था।

"अच्छा फिर—" रिक्की चमक-सी उठी, और कहने लगी, "अगर मैं जीत जाऊं तो यह फर्स्ट राइड, अगर मैं हार जाऊं तो लास्ट राइड।"

"मंजूर।"

"मंजूर का मतलब सोच लिया है ?"

"जो भी मतलब हो, मंजूर।"

"चाहे यही हो कि यहां से सीधे किसी रेगिस्तान में जाना पड़े... !"

मैं हंसने लगा।

"इज़ंट एट ए क्रेज़ी ड्रीम ?" रिक्की भी हंस पड़ी।

नानी के गांव पहुंचने की जल्दी से हम दोनों को अपनी शर्त का हस्र देखने की जल्दी थी। इसलिए गाड़ी को पीछे घुमा लिया।

वही कच्चा रास्ता, वही धूल के गुब्बार, पर आखिर वह रास्ता खत्म होना था, हो गया। और पक्की सड़क के बगल में गाड़ा हुआ वह लकड़ी का खंभा आ गया, जिसके किनारे पर लगी हुई तख्ती पर 'फतहगढ़' लिखा हुआ था।

एफ ए टी ई एच—मैंने अपनी आंखों से पढ़ा, और हंसकर रिक्की का हाथ अपने हाथ में दबाया और कहा—सो इट इज़ दि लास्ट राइड; अवर फेट...[१]

---

१. तो, यह अंतिम यात्रा है; हमारा भाग्य...

सड़क पर से उड़ती हुई धूल, जैसे सिर्फ मटमैले रंग की नहीं थी, पीले ज़र्द रंग की भी थी--रिक्की का मुंह एकदम ज़र्द हो गया।

"ओ गॉड..." रिक्की ने पहले ध्यान से तख्ती की तरफ देखा, फिर हाथ की हथेली से तख्ती के शब्दों को ऐसे छुआ, जैसे उसे शक हो कि अभी-अभी कोई अदृश्य हाथों से तख्ती पर लिखे नाम के स्पेलिंग बदल गया था, और जिसकी गीली स्याही को यह हाथों के पोरों से देख सकती थी...

"पर यह हुआ क्या...कैसे हुआ..." रिक्की मुझसे बात करती हुई तख्ती की तरफ देखे जा रही थी, जैसे उसे विश्वास हो कि उस तख्ती ने अवश्य ही उसके साथ कोई धोखा किया था।

"सो मैं एक बार फिर हार गई..." रिक्की, इतना मुझे नहीं, जितना खुद को कह रही लगती थी। उसकी आवाज़ ऐसे बुझी-सी हो गई थी, कि मुझे एक बार पछतावा हुआ कि रिक्की के साथ मैंने यह शर्त क्यों लगाई थी। अगर लगाई थी तो मैं हार क्यों नहीं गया...

रिक्की से अपना हाथ तख्ती पर से उठाया नहीं जा रहा था, वह जैसे उसे कंधों से हिलाकर और झंझोड़कर पूछ रही हो--यह तुझे क्या हुआ ? मैंने खुद अपनी आंखों से तुम्हें पढ़ा था...तुम एक झूठे गवाह की तरह फिर गई...

और फिर तख्ती से बातें-सी कर रही रिक्की का ध्यान उसी तख्ती की दूसरी तरफ गया--वहां भी फतहगढ़ लिखा हुआ था, पर--पी एच ए टी ई एच।

"कपिल ! देख !" रिक्की हैरानी से भर उठी, "मैंने तुम्हें कहा था कि मैंने खुद अपनी आंखों से देखा था..."

सो रिक्की गलत नहीं थी...

मन की कोई भी पीड़ा कभी गलत नहीं होती...

मैं भी ज़िंदगी की एक तल्ख हकीकत की तरह सच था, एक बहुत बड़ी दलील की तरह सच था...

पर हम दोनों जीतकर भी नहीं जीते थे...

यह तख्ती सिर्फ एक खेल थी, पर क्या यह ज़िंदगी के उस अजीब ढांचे का प्रतीक नहीं थी, जो हर तरफ से भिन्न दिखाई देता था, पर जिसे जो कोई जिस तरह से देखता है, उसी को सचाई मान लेता है...

बस, यह रिक्की से आखिरी मुलाकात थी। उस दिन शर्तें जीतकर भी न जीतने में, दुपहर हो गई थी। नानी के गांव फिर दूसरे या तीसरे दिन जाने का ख्याल करके, मैं वहीं से रिक्की को लेकर शहर लौट आया था। दूसरे या तीसरे दिन उसका पासपोर्ट बन गया होगा, और वह अपने बच्चे को उसके बाप के पास ले गई होगी, बस इस अनुमान से अधिक कुछ पता नहीं...

अनुमान...

लगता है—मेरी और रिक्की की ज़िंदगी सदा इस एक शब्द के गिर्द घूमती रही है...

उस दिन जब 'फिश पौंड' गेम खेला जा रहा था, रिक्की का नाम मिस क्रैमलिन रखा गया था, तो घबराकर रिक्की को किसी का हाथ पकड़ना था—मेरा पकड़ लिया। कुछ सोचकर नहीं, वैसे ही अनुमान से...

रिक्की जब मां-बाप की सख्ती से घबराई थी, किसी में विश्वास की उसे बड़ी आवश्यकता थी—इस विश्वास के लिए उसने मुझे चुना था, मेरा कुछ जान-सुनकर नहीं, वैसे ही अनुमान से...

रिक्की के अंदर जब एक दिन बगावत जल उठी थी, उसने तनवीर की तरह जलावतन होना सोचा था, तो उन रेतीली राहों के लिए उसने मुझको उसकी तरह यकीनी सोच लिया था, जैसे अपने-आपको। पता नहीं क्यों ? —शायद यही अनुमान शब्द उसकी और मेरी तकदीर था...

रिक्की को बगावत नहीं रास आ सकती थी, इसलिए वह चुप हो गई। पर चुप का जो दर्द होता है, उसने आधा-आधा कर लिया, और अपने हिस्से का अपने पास रखकर, मेरे हिस्से का मुझे भेज दिया। उसने भी अनुमान से भेजा था, मैंने भी अनुमान से कबूल कर लिया...वह अनुमान क्या है ?...

हम राह चलते मिले थे—सड़कों पर। पर लगता है—आदमी नहीं चलता, सिर्फ सड़कें चलती हैं। मैं और रिक्की वहीं के वहीं खड़े हुए हैं, पर सड़कें कहीं की कहीं पहुंच गई हैं...

अब जब एक दिन, एक सड़क दूसरी सड़क के पास से गुज़री, मैंने रिक्की को देखा, रिक्की ने मुझे, तो दोनों को लगा—हम वहीं के वहीं खड़े हैं...

रिक्की ने फिर अपना हाथ बढ़ाया, मैंने फिर उसका हाथ पकड़ा, पर इतने में सड़कें फिर तेज़ी से चलने लगी थीं। और अब, अपनी सड़क पर खड़े हुए, मुझे कहीं दूर-दूर भी रिक्की की सड़क दिखाई नहीं देती...

उस दिन—जब फतहगढ़ से लौटकर, फिर वापस शहर आकर, रिक्की को एक होटल में छोड़ा था, तो रिक्की ने अचानक कहा था—"कपिल ! तुम कुछ बोलते क्यों नहीं ? कभी कुछ नहीं कहते..."

जवाब दिया था, "तुम्हें 'फिश पौंड' गेम वाला दिन याद है ?"

"याद है।" उसने कहा था।

और मैंने उसे बताया था, "उस दिन जब तुम एक मज़ाक की कुंडी में फंसी हुईं, एक मछली की तरह तड़प उठी थीं, तुमने अचानक मेरा हाथ पकड़ा था। उस समय मुझे लगा था—जैसे अचानक एक सुनहरी मछली मेरी हथेली पर आ गई हो..."

रिक्की हंस पड़ी, पूछने लगी, "फिर और क्या लगा था ?"

बताया, "मेरे हाथ में एक हरकत आने लगी थी—तुम्हारा हाथ पकड़ लेने की, पर वह हरकत मैंने रोक ली थी।"

"क्यों ?" रिक्की ने फिर पूछा।

जो उस दिन मुझे लगा था, मैंने रिक्की को कभी नहीं बताया था, अब इतने दिनों बाद बताया, "मुझे लगा था, अगर मैंने तुम्हारा हाथ इस तरह पकड़ लिया, तो अपना हाथ मुझे उसी कुंडी की तरह लगेगा, जो एक मछली को अपने में फंसा रहा हो...यह मुझे मंजूर नहीं था..."

रिक्की मेरे कंधे के पास ही खड़ी हुई थी, इतनी पास कि कभी-कभी उसकी सांस मेरे कंधे को छू जाती थी। यह उस दिन वाली बात सुनकर, उसने पता नहीं कैसी सांस ली—कि वह एक सांस मेरे कंधे में से गुज़रकर मेरी सारी बांह में फैल गई। सारी बांह गर्म-सी हो गई...

"फिर कपिल ?" रिक्की ने ही याद दिलाया—कि उस दिन वाली बात अभी और सुनानी बाकी थी।

"कुछ नहीं," मैं पूरा नहीं, पर थोड़ा-सा खोया-खोया था। यह दिन भी शायद उस बहुत पुराने दिन का एक और हिस्सा था—उसका बाकी रह गया हिस्सा, पर मोमबत्ती के आखिरी भाग की तरह और भड़का हुआ।...उस दिन सिर्फ हाथ में हरकत आने लगी थी—रिक्की का हाथ पकड़ लेने की। पर आज एक हरकत थी, जो मेरे अंग-अंग में आना चाहती थी...

पर जिस ख्याल को लेकर रिक्की को पहली बार देखा था—वह ख्याल भी मेरे अंग-अंग का हिस्सा था। उसी ख्याल ने मेरे अंग-अंग पर पानी का एक छिड़काव-सा किया—और मैंने कहा, "उस दिन तुम्हारे पतले और मुलायम-से हाथ के नीचे, शिथिल पड़ा हुआ मेरा हाथ, मुझे तालाब का ही एक हिस्सा लगा था—पानी में पड़ा हुआ पानी का एक हिस्सा। और मैंने सोचा था—जहां तुम एक मछली की तरह आने के लिए भी स्वतंत्र थीं और जाने के लिए भी..."

"ओ खुदाया"...रिक्की ने कहा, और एकटक मेरी तरफ देखने लगी।

मैं शायद जवाब में हंस पड़ा था, कहा था, "अगर मैं मछली पकड़ने वाली एक कुंडी बन जाता, तुम्हें अच्छा लगता ?"

"नहीं, कपिल ! तुम पानी का सरोवर हो, वही रहो।" रिक्की ने जवाब दिया और कहा, "यही तुम्हारी खूबसूरती का भेद है और शायद इसी से मुझे इश्क है। पर मुझे बताओ कि उस मछली का क्या बने, जिसे न इस पानी में आने की स्वतंत्रता हो, न जाने की..."

जवाब में मेरी आंखें बंद-सी हो गईं—सामने रिक्की का वह सवाल था, जिसका मेरे पास कोई जवाब नहीं था। न मेरे पास, न रिक्की के पास, न किसी

और के पास...

"तुम्हें मालूम है—एक दिन मैंने तुम्हें एक लंबा खत लिखा था..." रिक्की ने अचानक कहा।

"फिर..."

"मैं अपने कमरे में थी—खत की सतरों में डूबी हुई—न जाने तुम्हें क्या-क्या बता रही थी, और तुमसे क्या-क्या पूछ रही थी—कि अचानक कानों में आवाज़ पड़ी—कमरे के बाहर, मेरे दरवाज़े के आगे, मेरा बाप पहरेदार की तरह घूम रहा था—पंद्रह-बीस फुट के बरामदे में कभी बाईं तरफ से दाईं तरफ, कभी दाईं तरफ से बाईं तरफ..."

"फिर ?"

"उसके पांव में पता नहीं कैसे बूट थे—आवाज़ बिना रुके लगातार चल रही थी—मुझे लगा जैसे मेरा खत ज़मीन पर बिछा हुआ था, और वह एक-एक शब्द को पांवों से रौंदे जा रहा था—"

रिक्की ने बहुत थककर एक उसांस-सी भरी और कहने लगी, "मैंने खत को पढ़ा ही नहीं, उसका पुर्ज़ा-पुर्ज़ा चुनकर गुसलखाने में ले गई...क्यों कपिल ! उसे किसी के बूटों के नीचे कुचले जाते देखने से, अपने हाथों से बहा देना अच्छा नहीं था ? मुझे पता था कि वह तुम्हारे तक पहुंचने से पहले ज़रूर उन बूटों के नीचे आ जाएगा...मैं जब सोई हुई होती थी, या गुसलखाने में गई हुई होती थी, तब मेरे कमरे की एक-एक चीज़ को उलट-पलटकर देखा जाता था—"

"काश—चीज़ें उलट-पलटकर देखने वाले किसी के सपनों को भी देख सकते..." रिक्की से कहने लगा था पर कहा नहीं। लगा, उसे इसका मुझसे भी अधिक पता था...

बस यही कुछ अनुमान थे, जो हमारे हिस्से में आए थे—मेरे हिस्से भी, और रिक्की के भी...

और शायद आगे भी—जब उम्रों की सड़कें चलते-चलते कहीं से कहीं पहुंच जाएंगी, हम इस एक शब्द 'अनुमान' के गिर्द घूमते रहेंगे...या हम खड़े रहेंगे और यह शब्द हमारे गिर्द घूमता रहेगा...

बारह

मेरे साथ कुछ अजीब घटा करता था, रोज़ नहीं, अक्सर, पर ठीक उस वक्त, जब रात आधी बीत चुकी होती थी, और आधी बीतने वाली...

एक कमरा, जिसमें दो चारपाइयां और एक पलना...एक चारपाई पर मेरी मां सोई हुई, एक चारपाई पर मेरा बाप, और मैं पलने में से उतरकर कभी एक चारपाई की तरफ जाता हूं, कभी दूसरी की तरफ...अपनी छोटी-सी हथेली से कभी सोई हुई मां के मुंह को टटोलता हूं, कभी दूसरी चारपाई की तरफ लौट, सोए हुए बाप के मुंह को...दोनों में से कोई नहीं जागता...और फिर एक बार जब मां की चारपाई की तरफ से लौटकर अपने बाप की चारपाई की तरफ मुंह करता हूं—तो वहां कोई चारपाई नहीं होती...मैं बिलखकर रो उठता हूं...मां जाग पड़ती है और मुझे जल्दी से फर्श पर से उठा लेती है...

चौबीस-पच्चीस साल की उम्र तक आधी रात के इस सपने से मैं इतना वाकिफ हो चुका था इसे अपना 'मिडनाइट विज़न' कहकर खुद से मज़ाक कर सकता था...

अपनी मां और अपने बाप में हुए तलाक का कारण मुझे कभी समझ में नहीं आया था (मैं अक्सर मां के पास रहता हूं, पर कभी, जब जी चाहे, कुछ दिन बाप के पास भी रह आता हूं। दोनों में से कभी किसी ने, किसी के खिलाफ

कुछ नहीं कहा। दोनों के बीच सिर्फ एक चुप की बर्फ जमी हुई लगती थी...) इसलिए मैंने भी धीरे-धीरे इस चुप को कबूल कर लिया था। इसके कारण को समझने का ख्याल छोड़ दिया था। सिर्फ कभी-कभी आधी रात को आने वाला यह सपना था, जिससे मैं सोच लेता था कि मेरे अवचेतन मन में अभी भी कुछ था, जिसने मेरे मां-बाप की अलहदगी को स्वीकारने से इनकार कर रखा था...

यह जो आधी रात को कभी-कभी घटता था, सुखकर नहीं था, पर यह कोई ऐसा भेद भी नहीं था, जिसे मैं समझ नहीं सकता था...

पर यही अभी, सिर्फ कुछ दिनों से, न समझने वाला बन गया है...

इस मिडनाइट विज़न ने शक्लें बदल ली हैं...

वैसा ही एक कमरा होता है, उसी तरह उस कमरे में दो चारपाइयां और एक पलना...पर एक चारपाई पर रिक्की सोई हुई होती है, और दूसरी चारपाई पर रिक्की का पति (जिसे मैंने देखा नहीं) और पलने में रिक्की का बच्चा (जिस बच्चे को भी मैंने कभी नहीं देखा)...और फिर वह बच्चा पलने में से उतरकर कभी एक चारपाई की तरफ जाता है, कभी दूसरी की तरफ...और फिर अपनी छोटी-सी हथेली से कभी सोई हुई मां के मुंह को टटोलता है, कभी सोए हुए बाप के मुंह को...दोनों में से कोई नहीं जागता...और फिर कमरे में से दोनों चारपाइयां अदृश्य हो जाती हैं...और वह बच्चा खाली कमरे में बिलखकर रो उठता है...

अजीब मिस्ट्री है...पर शायद ट्रांसपैरेंट मिस्ट्री...[१]

सोचता हूं—रिक्की के बच्चे का मुंह सोचकर जब मैंने उसे दिलासा-सा दिया था, “मैं तुझे कुछ नहीं दे सकता, पर मैं तुमसे कुछ छीनूंगा भी नहीं...” क्या मैंने सचमुच उसकी किस्मत को कहीं, किसी जगह से, कुछ बचाया था ?

शायद अपना जैसा होने से बचाया था, पर क्या उसका, मेरे जैसा न होना ही, उसका बचाव है ?

---

१. पारदर्शी रहस्य।

क्या किसी दर्द का नाम बदल देने से वह दर्द दूर हो जाता है ?

क्या कोई आदमी सिर्फ तभी गैर-हाज़िर होता है जब वह एक कमरे में से उठकर दूसरे कमरे में चला जाता है ? क्या वह उसी जगह पर, उसी तरह बैठा हुआ, गैर-हाज़िर नहीं होता ?

कभी-कभी कुछ बातें अजीब तरह याद आती हैं...अजीब इसलिए कि वे हूबहू उस तरह भी दिखाई देती हैं, जैसी थीं, और कुछ इस तरह जैसे मैं एक जानी-पहचानी चीज़ को किसी नए कोण से देख रहा होऊं, और उसकी खूबसूरती मुझ पर एक वह प्रभाव डाल रही हो जिससे मैं पहले परिचित नहीं था। यहां खूबसूरती शब्द ज़रूरी नहीं, इसे बड़ी आसानी से बदसूरती भी कहा जा सकता है।

और यह सब कुछ एक बेतरतीबी में याद आता है...या शायद एक उस तरतीब में, जो हर बेतरतीबी की निचली तह में होती है...दिन में सिलसिलेवार घटी घटनाओं को रात को सपने में बड़ी उलट-पुलट हालत में देखने की तरह ...और या अलमारी में तहाकर और बड़े करीने से रखे हुए, उन कपड़ों की तरह, जो इस वक्त गुच्छा होकर धोबी की भट्ठी में पड़े हुए हों और जहां किसी पैंट पर कोई तौलिया लिपटा हुआ हो...किसी कमीज़ की बांह पर जांघिया पड़ा हो ...या किसी जांघिये पर कोई सिरहाने का गिलाफ...

याद आ रहा है—जिन दिनों में हमारी भुतहा हवेली, यानी हमारा शांति भवन, गिराया जा रहा था—उन दिनों में हम हेनरी मिलर की एक किताब पढ़ रहे थे, और अजीब इत्तफाक था कि उस किताब में कुछ आर्टिस्टों के वे तंग घर गिराए जा रहे थे, जहां बैठकर वे पेंट किया करते थे, और वहां उन घरों की जगह एक बहुत खूबसूरत मार्केट बनने वाला था, जिसकी कल्पना करते हुए मिलर ने एक पंक्ति लिखी थी—

देअर विल बी नियोन-लिट शॉप विंडोज़ टु इंस्पायर दि आर्टिस्ट टु पेंट, आर मोर लाइकली, परसुएड हिम टु कमिट सुसाइड...[१]

---

१. नियोन लाइट से दमकती दुकान में खिड़कियां होंगी, ताकि आर्टिस्ट को पेंटिंग करने की प्रेरणा मिले, अथवा यह भी संभव है कि उसे आत्महत्या करने की सुविधा प्राप्त हो...

उस समय यह पंक्ति, हम सबको लगा था, कि हमारे लिए है। हम तीनों को भी जो वहां रहते थे, और उन सबको भी, जिनकी वह शामगाह थी। उस वक्त किसी को किसी के हस्र का पता नहीं था, पर यह पंक्ति जैसे हवा में लटक रही थी...

मैं यह नहीं सोचता कि हवेली के हस्र के साथ किसी के भी हस्र का कोई संबंध था, पर फिर भी यह पंक्ति जितनी तब सच लगती थी, उससे अधिक अब सच लगती है...

शायद अपने अर्थों के छोटे-से घेरे में से बाहर निकल आई है, और बहुत बड़े फैलाव में दाखिल हो गई है...दुनिया के हर शहर की नई इमारतें, नई रोशन खिड़कियां और उनमें चमकने वाली रोज़ की नई चीज़ें, और आदमी का जीना और भी मुश्किल, और भी मुश्किल, और भी मुश्किल...

—जितने नए एयर पोर्ट, उतने ही नए पागलखाने...

आज पागल हीरू की एक बात याद आई है—एक बार हम बहुत-से लड़के एन. सी. सी. की ट्रेनिंग लेने के लिए गए हुए थे, वहां एक कैंप के बाहर वे बाल्टियां पड़ी हुई थीं, जिन पर बड़े मोटे और लाल अक्षरों में लिखा हुआ था—फायर ! हीरू ने जेब से एक सिगरेट निकालकर एक बाल्टी के अक्षरों से लगाई, कई बार सांस खींची, पर सिगरेट न जली। और हीरू हैरान होकर हम सबसे कह रहा था—अजीब बात है, यह आग अगर सिगरेट भी नहीं जला सकती, तो और क्या जलाएगी...

हम सब, उसे देखकर, हंसने लगे थे...

पर आज सोचता हूं—क्या समाज का और सभ्यता का यह सारा फैलाव, आग की असली लपट की जगह, सिर्फ मोटे और लाल रंग में लिखे हुए आग के अक्षर की तरह नहीं, जिससे छुआकर हम कुछ भी नहीं जला सकते ?

हीरू अजीब फनी क्रिएचर था—उन दिनों देश के राष्ट्रपति की मृत्यु हुई थी, नए राष्ट्रपति के चुनाव में समय लगना था, इसलिए बीच के खाली दिनों को भरने के लिए कोई एक्टिंग प्रेज़ीडेंट बना था—अखबारों की यह ताज़ा खबर

हीरू के दिमाग में पता नहीं कैसी छाई हुई थी कि उन्हीं दिनों जब रूबी की मां गुज़र गई, हम सब दोस्त रूबी के पिता के पास अफसोस करने के लिए गए, तो जाते हुए रास्ते में बात हुई थी कि रूबी के पिता को जल्दी ही एक और विवाह करना पड़ेगा, क्योंकि उसके तीन बच्चे अभी बहुत छोटे थे, और उन्हें संभालने वाला कोई नहीं था, और हीरू ने वहां पहुंचकर, बड़ा अफसोस करने के बाद यह कह दिया—अंकल ! छोटे बच्चों की खातिर आपको विवाह तो करना ही पड़ेगा, पर जब तक नहीं करते, तब तक कोई 'एक्टिंग वाइफ'[१] रख लीजिए एक्टिंग प्रेज़ीडेंट की तरह...

हम सब शर्मिंदा हो गए थे, सोच रहे थे—अगर हमें मालूम होता कि हीरू ऐसी बदतमीज़ी करेगा, तो हम हीरू को कभी साथ न लाते...

पर आज यह बात याद आई है तो लगता है—हीरू ने कुछ भी गलत नहीं कहा था...

किसी का कोई रिश्ता अपनी असली शक्ल में कहा है ? अपने पूरे अधिकार से ? और अपनी पूरी आवश्यकता से ? और सब समय के लिए सारी जगह रोककर बैठा हुआ ?

रूबी का एक कज़िन था, शायद उसका नाम सुनील था। उसे अपने बाप से बहुत बड़ी शिकायत यह थी कि उसने उसकी मां के होते हुए, एक और औरत के साथ नाजायज़ संबंध रखे हुए थे, पर जिस दिन उसके बाप की मृत्यु हुई, उसी दिन उस 'और औरत' ने ज़हर खा लिया था। वह कम्बख्त एक दिन भी उसके बिना ज़िंदा नहीं रह सकी थी, जिसके साथ उसका रिश्ता भी जायज़ नहीं था...यह नाजायज़ कैसा जायज़ था ? हम दूर खड़े रहकर यह खबर सुनने वाले भी उतने ही परेशान हुए थे, जितना खुद सुनील...वह भी यह सब कुछ सोचता रह गया था...

यह सब कुछ—धोबी की भट्ठी में गुच्छा होकर पड़े हुए कपड़ों की तरह है...पर फर्क यह कि वे कपड़े कुछ देर बाद भट्ठी में से निकल आते हैं, और

---

१. कार्यकारी पत्नी।

तह होकर फिर करीने से रखे जाते हैं—और यह सब कुछ पता नहीं किस भट्ठी में पड़ गया है, कभी बाहर नहीं निकलता...

यह हमारा जीने का कुछ हक था, हमारे सपने—जो किसी मां ने, किसी बाप ने, किसी महबूब ने या विवाह-संस्था बनाने वाले किसी ने या सामाजिक ढांचा बनाने वाले किसी ने या राजनीतिक ढांचा बनानेवाले किसी ने—एक धोबी की तरह हमसे लिए थे कि वह इन्हें धो-बनाकर, और हमारे गले में पहनने लायक बनाकर, हमें लौटा देगा...पर सबका सब कुछ गुच्छा होकर पता नहीं कैसी भट्ठी में जा पड़ा है, जो बाहर नहीं निकलता...

और अपने सपनों के बिना हम ऐसे शर्मिंदा-से बैठे हुए हैं, जैसे कोई तन के कपड़ों के बिना बैठा हुआ हो...

कुछ दिन पहले शीरीन ने एक खत लिखा था, "कपिल ! कभी लगता है कि लिखने वाला बहुत कुछ है, पर कभी लगता है कि लिखने के लिए कुछ भी नहीं रहा...देश में रुपये की डिवैल्युएशन[१] हो गई है, लेकिन यह अब की बात है, बहुत थोड़े दिनों की। पर मैं तुम्हें एक बहुत पुरानी बात सुनाऊं। पता नहीं कब की, पर तब की जब सपनों की डिवैल्युएशन हुई थी...ख्यालों की डिवैल्युएशन हुई थी, और इंसान के माथे पर आने वाले पसीने की डिवैल्युएशन हुई थी...और कपिल ! बहुत चीज़ें हैं—जिनकी डिवैल्युएशन हुई थी—पोयट्री की, पेंटिंग की, फूलों की, होंठों की और सांसों की..."

कम्बख़्त शीरीन...

शीरीन मेरी कुछ भी नहीं, पर लगता है, शीरीन मेरी दुखती रग है...और शायद सिर्फ मेरी नहीं, मेरे जैसे हर इंसान की दुखती रग है...

हर कोई—जब छाती में बहुत-से सपने, और माथे में बहुत-से ख्याल डालकर घर से ज़िंदगी खरीदने निकलता है—और ज़िंदगी के बाज़ार में ज़िंदगी की कीमत सुनता है, तो उसकी छाती में खनकते सब सिक्के बेकार ही जाते हैं...और वह जब एक सिगरेट पीता हुआ ज़िंदगी के बाज़ार में से खाली हाथ लौटता है, तो

---

१. अवमूल्यन।

शीरीन जैसे हर मोड़ पर खड़ी उससे कह रही होती है—"मैंने तुम्हें बताया था—इन सब सिक्कों की डिवैल्युएशन हो चुकी है...मैंने तुम्हें बताया था..."

कभी-कभी चाचा जी याद आ जाते हैं—अपने कुत्ते से कह रहे होते हैं—सिट डाउन...शट-अप...शट-अप...

हममें से कौन है, जिसके अंदर कुत्ते की तरह कुछ भौंकता नहीं, और जिसके अंदर कभी जो भी कुछ उठ खड़ा हुआ है, वह बैठता नहीं...

मुझे यकीन है—विनोद, पागलखाने की सलाखों को पकड़कर ज़रूर बड़े ज़ोर से चीखता होगा—तनवीर, अपने जेलखाने की कोठरी से सिर पटककर रो उठता होगा—अशोक, ज़रूर कभी रात को सपने में पेंट करता होगा, और दिन में अपनी कैनवस को खाली देखकर तड़प उठता होगा...शीरीन...रिक्की...मैं...सब चुप दिखाई देते हैं, पर क्या हमारी चुप भी हमारी छाती में कुत्ते की तरह भौंकती नहीं ?

हम—हर खड़ाक को, और हर परछाईं को देखकर भौंकते हैं। न जाने किससे क्या कहना चाहते हैं...(शायद कहने के लिए जो कुछ था, उसे किसी ने नहीं सुना, इसीलिए सब कुछ हमारा भौंकना बन गया है...) और जो कुछ हमारे अंदर उठा था, अब पता है—उसे कहीं से चलकर कहीं नहीं पहुंचना—पर वह अभी भी बैठता नहीं...और ज़िंदगी का पैटर्न, चाचा जी की तरह, हम सबसे कह रहा है, 'सिट डाउन...शट-अप...सिट डाउन...शट-अप...'

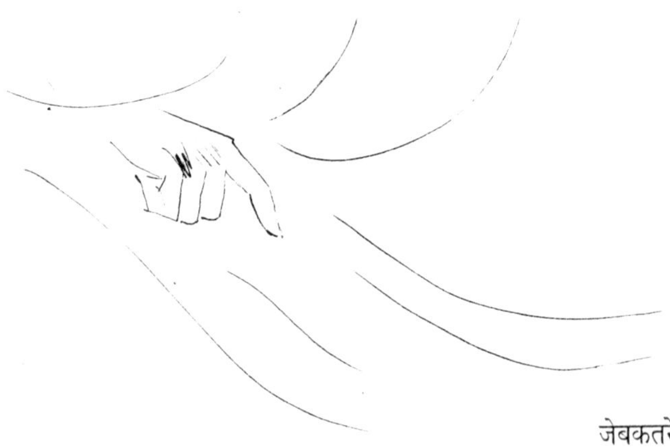

अंतिका

मेरी नौकरी कच्ची थी–इस हफ्ते मियाद पूरी हो गई है–सो मैं पक्की नौकरी की तलाश में हूं...

तनवीर की नौकरी भी कच्ची थी–यानी उसे उमर कैद नहीं थी–पर इस हफ्ते पक्की हो गई है–उसकी कैद दुगुने वर्षों में बदल गई है...(दस वर्षों बाद जब रिहा होगा, उमर के बाकी साल कैदी-जीवन की पेंशन की तरह होंगे।)

लगता है–जो कुछ कच्चा होना चाहिए था, वह पक्का हो गया है, और जो कुछ पक्का होना चाहिए था, वह कच्चा हो गया है–

मेरा कसूर यह था कि मैंने काम में ज़रूरत से ज़्यादा मेहनत की थी, और सरकारी अमला ऐसे आंखें मलने लगा था, जैसे उसकी आंखों में ताले की तरह पड़ गया होऊं। और फिर एक के बाद एक हादसा होता गया। डैम बन रहा था, मुझे इंस्पेक्शन के लिए जाना होता था। देखता था कि सीमेंट की बोरियों की गिनती दिन-ब-दिन घटती जा रही थी और रेत की बोरियों की गिनती दिन-ब-दिन बढ़ती जा रही थी, सो रिपोर्ट लिखता रहा, और फिर इस बात के पीछे पड़ गया कि रिपोर्टों वाली फाइल पर एक्शन लिया जाए...सो जिस इंजीनियर की लंबी बीमारी के कारण, उसकी लंबी छुट्टी के वक्त, उसकी खाली जगह पर मैं लगा था, उसे तार देकर बुलाया गया। उसकी बाकी छुट्टी कैंसिल

की गई, कि उसके बिना काम नहीं चलता था...और मुझे 'रिलीज़ ऑर्डर' दिया गया।

काम चलता नहीं था, या रुकता नहीं था, इस बारे में कुछ भी कहने का अर्थ नहीं। या इसका अर्थ वह है जो किसी की पकड़ में नहीं आ सकता है, वह सिर्फ इतना—मेरे लिए रिलीज़ ऑर्डर...

तनवीर को रिलीज़ ऑर्डर की जगह 'स्टे ऑर्डर' मिला है। कम्बख्त ने जेल में एक नज़्म लिख मारी, और किसी तरह जेल में से स्मगिल करवाकर, बाहर किसी अखबार तक भेज दी।

पिछले हफ्ते नज़्म छप गई। नज़्म के साथ लिखा उसका नोट छप गया, और नज़्म पर लिखा उसका नाम भी।

नाम तनवीर नहीं था, नहीं तो जिस वक्त नज़्म छपी थी, मैं उसी वक्त हस्र समझ जाता। नाम की जगह लिखा हुआ था—कैदी नं. ६८६-६।

मैंने अखबार में से नज़्म वाला टुकड़ा काटकर, अपनी डायरी में रख लिया था। तनवीर की नज़्म समझकर नहीं, किसी कैदी नं. ६८६-६ की नज़्म समझकर।

वैसे मैं नज़्म पढ़कर भी चौंका था। और कैदी का नंबर पढ़कर भी। लगा था—जैसे यह नंबर मैंने पहले भी कहीं पढ़ा हो...फिर उसी रात कुछ किताबें उलटते-पलटते हुए मैंने ढूंढ़ निकाला था कि यह नंबर गोर्की की कैद के वक्त, उसका कैदी नंबर था। सो मैंने लिखा—जिस कैदी ने यह नज़्म लिखी थी, वह ज़रूर काफी पढ़ा-लिखा होगा (उस नज़्म से भी यह ज़ाहिर था)—और उसने अपना असली कैदी नंबर देने की जगह, गोर्की के कैदी नंबर को आइडियल बनाकर लिखा होगा...

पर आज अखबार में खबर आई है—कि नज़्म के साथ लिखा हुआ कैदी का नंबर, कैदी का असली नंबर था, इसलिए उसका असली नाम बड़ी जल्दी ढूंढ़ निकाला गया था। असली नाम तनवीर है, और नज़्म लिखने के अपराध में और फिर उसे कैद में से बाहर किसी अखबार को भेजने के अपराध में, उसकी सज़ा दुगुनी कर दी गई है...

नज़्म को फिर से डायरी में से निकालकर पढ़ रहा हूं—उसके साथ लिखा नोट भी, और हैरान हूं—मैंने उसकी लाइनों में से तनवीर को क्यों नहीं पहचाना था...

नोट बड़ा साफ है—"आज जेल का दारोगा जब बाहर वाले बरामदे में आराम कर रहा था, उसका ट्रांज़िस्टर बज रहा था—कभी आवाज़ आती थी सहगल का गीत सुनिए, और फिर जब सुनने वाला सहगल की आवाज़ में डूब रहा होता था, तो आवाज़ आती थी, हमारा नया बना साबुन प्रयोग में लाएं, उसका झाग बहुत सफेद है...और फिर कोई गालिब की गज़ल, और फिर किसी टूथपेस्ट का विज्ञापन...मैं कुछ भी सोचना नहीं चाहता था, कुछ भी कहना नहीं चाहता था, पर मैं खुद से भी बागी होकर, एक नज़्म लिख गया हूं..."

और इस नोट के नीचे एक नज़्म है—'कमर्शल सर्विस'। मैं इसकी एक-एक लाइन को आज बार-बार पढ़ रहा हूं—जैसे तनवीर से बातें कर रहा होऊं...

नहीं, मैं चुप हूं, सिर्फ तनवीर बोल रहा है और—मेरे हाथों में नज़्म का कागज़ नहीं, एक ट्रांज़िस्टर जो अभी ईजाद नहीं हुआ...

और ट्रांज़िस्टर में से आवाज़ आ रही है—पोर्टफोलियो वेव...मिनिस्टरी मीटर...पोर्टफोलियो वेव...मिनिस्टरी मीटर...

नई योजना का गाया एक नया गीत सुनिए : एक हज़ार नए कारखाने।

विदेशी मशीनें खरीदिए, उनका परमिट मेरे बेटे के नाम है।

अब सबकी पसंद एक गीत सुनिए : खेती-बाड़ी की उपज तीन गुना।

ट्रैक्टर खरीदो, उनकी ब्लैक सिर्फ दो गुना हुई है।

नए सेशन का भाषण सुनिए : मेरा तन-मन देश के अर्पण। सिर्फ धन फारेन बैंक में होता है।

अब सुनिए गालिब की गज़ल-सी—मांगें...हड़तालें...मुज़ाहरे...

इस पहली तारीख से सिर्फ डेढ़ गुना टैक्स बढ़ेगा।

एक ज़रूरी ऐलान सुनिए : आज की बहस का एजंडा था :

–टोटल एजुकेशन, टोटल एम्पलायमेंट[1] का प्रस्ताव पास हुआ है–टोटल प्राहिबिशन[2]। आखिर में खबरें सुनिए : हर राज्य ने निर्णय किया है कि गाओ गाओ, जीने वालों का क्या है, मरे हुओं की बरसी मनाओ।

अब इस वक्त चुनावों का समय है, आज्ञा दें नए इलेक्शन के बाद हम फिर आपकी सेवा में हाज़िर...

तनवीर हंस रहा है और बोल रहा है...नहीं, कुत्ते की तरह भौंक रहा है...

पांच साल की जगह, दस साल की कैद कोई उससे भी ऊंची आवाज़ में कह रहा है, और चिल्ला रहा है 'सिट डाउन...शट-अप...सिट डाउन...शट-अप...'

इसमें कुछ भी सिंबालिक[3] नहीं। अखबार में तनवीर के केस की पूरी रिपोर्ट है। जब तनवीर को कचहरी में नज़्म की जांच-पड़ताल के लिए पेश किया गया तो तनवीर ने बिल्कुल इनकार नहीं किया कि यह नज़्म उसकी नहीं थी, बल्कि गर्व के साथ उसने कहा, ''गोर्की ने जेल में एक नावेल लिखा था, मैंने जेल में एक नज़्म लिखी है। देखो, मेरा कैदी नंबर भी वही है जो गोर्की का था, यह नंबर बहुत लकी है...'' और कचहरी में जो आवाज़ सबसे ऊंची थी, वह मेज़ पर हाथ मारकर चीख उठी थी–शट-अप...

जैसे वी आर आल डाग्ज़...बट सैल्युट टु दि बार्किंग वन्स...[4]

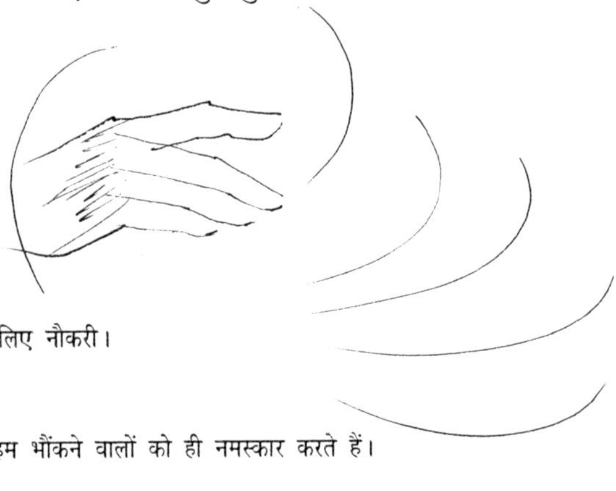

१. सबके लिए शिक्षा, सबके लिए नौकरी।

२ संपूर्ण नशाबंदी।

३. प्रतीकात्मक।

४. हम सब कुत्ते हैं...लेकिन हम भौंकने वालों को ही नमस्कार करते हैं।

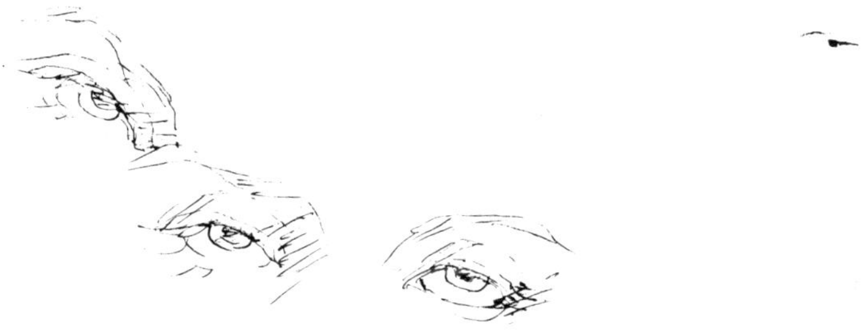

एक और अंतिका

एक मुद्दत के बाद आज अचानक शीरीन का खत आया है, लिखा है—"कपिल ! सुबह स्कूल में क्लास ले रही थी कि एक हादसा हो गया। बाहर नहीं, मेरे अंदर। सामने बोर्ड पर दुनिया का नक्शा लगा हुआ था—यानी दुनिया-भर के रास्ते सामने बिछे हुए—और हर रास्ते के शुरू में उसका नाम गाड़ा हुआ—और मुझे लगा, हर नाम जैसे एक सूली की तरह गाड़ा हुआ हो, और जिस पर हर रास्ता सूली चढ़ गया हो...और अब कहीं भी कोई ज़िंदा रास्ता नहीं। सारी दुनिया में रास्तों की सिर्फ लाशें बिछी हुई हैं...कपिल ! कोई ज़िंदा पांवों से मरे हुए रास्तों पर कैसे चले ? और मैंने मरे हुए रास्तों से घबराकर नहीं, अपने ज़िंदा पांवों से घबराकर स्कूल से छुट्टी ले ली, और घर आ गई...इस वक्त बड़ी गहरी रात है, मैं सारा दिन अपने पांवों की तरफ देखती रही हूं, और सारा दिन सोचती रही हूं कि मेरे ये पांव इतने ज़िंदा क्यों हैं ? अगर पांव ज़िंदा हैं, तो कोई रास्ता क्यों नहीं ज़िंदा है ? और अगर रास्ते मर गए हैं, तो यह पांव क्यों नहीं मर जाते ?"

आंखों के सामने शीरीन आई, रिक्की भी आई। रिक्की शायद शीरीन का ही दूसरा रूप बनकर आई...

याद आया—एक दिन रिक्की ने कहा था, 'ह्वाई आर यू सो इलाइव ?'[1]

---

१. तुम इतने ज़िंदा क्यों हो ?

और आज शीरीन कह रही थी, 'मैं मरे हुए रास्तों से नहीं घबराई, अपने ज़िंदा पांवों से घबरा गई हूं।'

सोचता हूं, जिसके पांवों में, हाथों में, छाती में, माथे में, जो कुछ ज़िंदा है, उसका वह क्या करे...

यह सब सवाल उसी ज़िंदा हिस्से में उगते हैं...नहीं तो मरी हुई धरती में कब कुछ उगता है...

और जिसमें जो कुछ भी ज़िंदा है, वह धीरे-धीरे सवालों का एक जंगल बन जाता है...

कुछ सपने सबके पास थे, अब भी हैं, पर अब वे जंगल के जानवरों की तरह हो गए हैं...

बड़े मासूम, फाख्ताओं और गिटारों जैसे भी, और बड़े ज़हरीले, जंगल के सांपों जैसे भी, और जंगल के चीतों जैसे भी...

और हम—इस जंगल के वासी, भूख लगने पर फाख्ताओं और गिटारों जैसे अपने ही सपनों को भूनकर खाते हैं। और फिर हम खुद ही वक्त-बेवक्त इन सपनों के हाथों डंसे जाते हैं...

कभी-कभी—कोई 'आज' ऐसा भी होता है, जब शीरीन का खत आता है, और फिर वह 'आज' कल में भी शामिल हो जाता है, परसों में भी, चौथ में भी, पंचमी में भी, छठी में भी... और वह चलता जाता है। रोज़ अगले दिन को पांवों के नीचे मसलता, उससे अगले दिन की तरफ बढ़ता जाता है। और तब तक चलता रहता है, जब तक बड़ा ही थककर कहीं गिर नहीं पड़ता...

मैं आज विनोद से पागलखाने में मिलने गया था। शीरीन के खत वाला 'आज' बड़े दिनों से मेरे साथ चल रहा था। मेरे साथ नहीं, समय के कैलेंडर के साथ (यह कैलेंडर तारीख भी बदलता था, तो इस 'आज' से मुंह छुपाकर बदलता था,

और हर बार तारीख बदलते वक्त फीका-सा पड़ जाता था—शायद इस 'आज' से वह बहुत शर्मिंदा है...)।

सो आज मैं विनोद से पागलखाने में मिलने के लिए गया था। वैसे 'मिलने के लिए' शब्द नहीं कहना चाहिए, सिर्फ 'देखने के लिए' शब्द ही काफी है, क्योंकि 'मिलने' का संबंध पहचान से है, और विनोद अब किसी को नहीं पहचानता।

विनोद, विनोद था। सिर्फ मैं अजनबी था...

वह मुझसे बातें करता रहा। मुझे, मैं समझकर नहीं, कोई अजनबी समझकर।

अजनबी शब्द विनोद का दिया हुआ है, सिर्फ मुझे नहीं, हर किसी को। कोई भी उससे बात करना चाहे, वह कितनी ही देर उसके मुंह की तरफ देखता रहता है, फिर जब भी कुछ कहता है, कहते वक्त, उस फिकरे के साथ अजनबी शब्द जोड़ देता है—देखो अजनबी !

शायद दुनिया के सब शब्दों में से उसे यही शब्द सबसे ठीक लगा था, और उसने हर एक के लिए, यही एक शब्द चुन लिया है...

सोचता हूं—बहुत शब्द थे—दोस्त बड़ा प्यारा शब्द था, साथी बड़ा प्यारा शब्द था, कामरेड बड़ा प्यारा शब्द था, पर ये सब शब्द इंसान के साथ कितनी दूर तक चल सके ?

इंसान चलता रहा, ये सब शब्द थक गए...

विनोद शायद ठीक कहता है—यह अजनबी शब्द सबसे शक्तिशाली है। जब से आदमी का वंश चला है, यही शब्द उसके साथ-साथ चला है, और आज तक चला आ रहा है...

न जाने इस शब्द की जड़ें धरती में कितनी गहरी हैं...

शायद आदमी की छाती में सवालों का जो जंगल उगता है, यह शब्द उस जंगल का सबसे पुराना पेड़ है...

विनोद ने भी कभी सपने देखे थे—फाख्ताओं और गिटारों जैसे सपने। पर सपने सिर्फ फाख्ताएं और गिटारें नहीं होते। समय पाकर वे सवालों के जंगल में सांप भी बन जाते हैं, चीते भी बन जाते हैं। ऐसे ही किसी सांप ने विनोद को डंस लिया था, और सांप के ज़हर से तड़पता विनोद आज पागलखाने में है...।

सलाखों के पीछे वह एक दीवार के साथ लगा हुआ खड़ा था। मैंने बातें करने की कोशिश की थी, पर वह चुप, दीवार के साथ लगा, खड़ा रहा।

मुझे उसकी वह नुमाइश याद हो आई, जिसमें उसने 'रियली रियलिस्टिक पेंटिंग्ज़' दीवारों पर लगाई थीं। 'पोर्ट्रेट ऑव ए माउस' दीवार पर लिखकर, उसने एक चूहे को कील से लटकाया था, 'पोर्ट्रेट ऑव ए कैट' लिखकर एक बिल्ली को, और मैंने जब घबराकर उससे मज़ाक किया था 'ह्वाट अबाउट दि सैल्फ पोर्ट्रेट ?' तो उसने हंसकर कहा था, 'वह आखिरी आइटम होगी।'

ओ खुदाया ! आज मैंने जब विनोद को सलाखों के पीछे दीवार से सटकर खड़े देखा, मेरी आंखें कांप गईं—सो उसने दीवार से अपने ज़िंदा-मरे हुए की तसवीर टांग ली थी—सेल्फ पोर्ट्रेट...

'पर विनोद ! तुमने तो कहा था वह आखिरी आइटम होगी ?' मैं पागलों की तरह आज उससे पूछता रहा। पूछता रहा, 'तुमने कहा था कि आखिरी आइटम से पहले एक और बहुत ज़रूरी आइटम रहता है—पोर्ट्रेट ऑव एन ईडियट क्रिटिक—पोर्ट्रेट ऑव एन ईडियट सिस्टम...वह कहां है ?'

विनोद चुप था, उसे कुछ याद नहीं था। पर मैं अपनी याद का क्या करूं ? उस बहुत ज़रूरी बात का क्या करूं जो कहीं नहीं पहुंच सकी ?

पर यह भी एक सवाल है, सवालों के जंगल में उगा हुआ सवाल ! इसका जवाब कोई नहीं दे सकता।

मुझे तड़प-सा गया देखकर, शायद विनोद को कुछ हुआ। उसे याद कुछ नहीं आया, पर वह बोलने लगा। कहने लगा, ''देखो अजनबी ! मैंने एक नज़्म लिखी है, तुम सुनोगे ?'' और फिर सामने शून्य में घूरते हुए उसने नज़्म सुनाई :

"सूरज, सोने का कटोरा था।
चांद, चांदी का कटोरा,
और धरती, मिट्टी का एक हरा फूलदान...
पर सभ्यता को चिरकाल से तपेदिक है
और जो कुछ सामने आता है, वह पीकदान समझ लेती है
और सोने के कटोरे में वह लहू थूक रही
चांदी के कटोरे में वह लहू थूक रही...
और हरे फूलदान में भी वह लहू थूक रही..."

रुलाई रुकती नहीं थी, इसलिए विनोद के पास से जल्दी लौट आया हूं ...लौट नहीं आया, भाग-सा आया हूं...

और एक और अंतिका

विनोद के पास से आ गया था, पर अपने-आपके पास से कहां जाऊं ?

कहीं नहीं जा सकता, सो खड़ा हूं...

धरती घूम रही है, मैं खड़ा हूं...

सवालों का जंगल और घना हो गया है—इतना, कि सारे परिचित चेहरे इस जंगल में खो गए हैं...

और दूर कहीं, जहां कोई सवाल नहीं, वहां कोई जंगल नहीं, और वहां लोग बसते हैं, अजनबी बसते हैं...

अजनबी कभी इस तरह नहीं आते। सिर्फ वक्त जब कभी इधर से गुज़रता है, तो जंगल की तरफ देखता है, उसे पता है कि यहां कुछ लोग रहते हैं...

मेरे लिए वक्त भी अजनबी है, उसे देखकर अगर मैं कभी कुत्ते की तरह भौंकता हूं, तो वह ज़ोर से चीखता है—शट-अप...सिट डाउन...शट-अप...

और फिर वह जल्दी से सवालों के इस जंगल के पास से दूर चला जाता है...

और मैं कुछ देर ख्वाहमख्वाह एक शून्य में भौंकता रहता हूं...

उसे, वक्त को, शायद पता नहीं—कि मैं, और मेरे जैसे सब भौंकने वाले यह जान गए हैं कि उसे, जो हमारा अधिकार हमें देना था, वह हमसे छुपाकर अपनी जेब में डाल लिया है...

एक बेबसी है—कि हम उसकी जेब में से वह नहीं निकाल सकते, जो हमारा अपना है। और हम सिर्फ भौंकते हैं...

पर कितनी देर ?

आज बहुत ज़ोर से हंसने को मन करता है—और एक बड़ी भयानक बात भी कह देने का मन करता है कि हम एक दिन अचानक चुप हो जाएंगे, बिल्कुल नहीं भौंकेंगे, पर हमारी चुप बहुत खतरनाक होगी...अपनी आवाज़ को हम अपने गले में से निकालकर अपने हाथों में पकड़ लेंगे—आवाज़ को एक कैंची बना लेंगे, और फिर...फिर एक दिन वक्त की जेब कतर लेंगे...

इस वक्त, अभी—सचमुच कुछ घट रहा है...बोला नहीं जा रहा है...सचमुच मेरे गले में एक शिथिलता आ रही है और हाथ में एक हरकत...

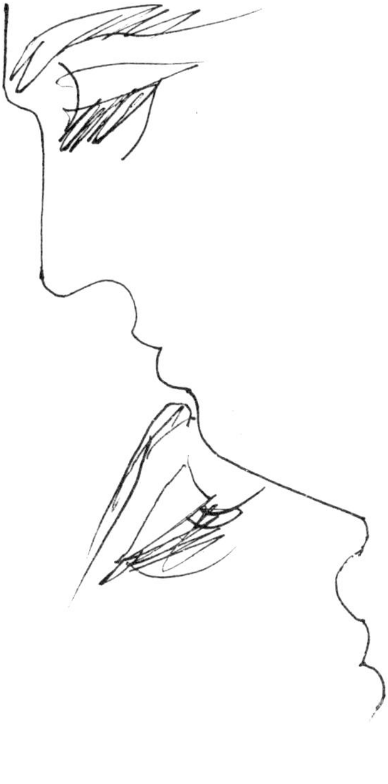

दो कहानियाँ

बहुत दिन हुए

दुनिया की बेशुमार कहानियां हैं, जो दिलों में क्या गुजरती है, उसका कुछ अता-पता देती हैं, लेकिन जाने और कितनी जवानियां हैं, जो घरों की दीवारों से लग कर रोती हुई, हरे पत्तों से पीले पत्तों-सी हो जाती हैं, और दूसरे कान ख़बर नहीं पहुंचती...

मैंने ज़िंदगी में, बहुत से दिलों की बात पास बैठ कर सुनी या थोड़ी-सी दूर खड़े हो कर देखी और फिर कई कहानियों में उतारीं, लेकिन एक घटना थी, उन दिनों की, जब मैं स्कूल में पढ़ती थी। वहां एक सहेली थी, बंती। उस बिलखती हुई को, बहुत पास से देखा। वह घटना शायद इस तरह मेरे भीतर न उतर पाती, लेकिन वह बात एक नया मोड़ काट गई थी। बंती ने अपने भरे हुए दिल से, किसी और की पीड़ा पहचान ली, उस रिश्ते में, जिस रिश्ते में कभी किसी ने ऐसा होते हुए न सुना होगा, न देखा होगा और इसीलिए वह घटना जब भी याद आती है, बेचैन-सीं हो उठती हूं...

कभी मैंने उस सारी बात को कहानी कह कर संभाल लिया था और कहानी का नाम दिया था—'एक रूमाल, एक अंगूठी, एक छलनी'... लेकिन वह कहानी नहीं थी, उस में मेरी कल्पना का कुछ भी शामिल नहीं था।

आज कई भाषाओं के लोक गीतों की पंक्तियां कहते-सुनते, वह बहुत दिन पहले की घटना फिर से मेरे मन में सुलगने लगी है, इसलिए इसे यहां दर्ज करना ही होगा...

एक रूमाल, एक अंगूठी, एक छलनी

कच्ची पहली से लेकर आठवीं तक बंती हमारे साथ पढ़ती रही थी। अभी वह पांचवी में पहुंची ही थी, उसके पिता उसे स्कूल से छुड़ाने के लिए आ गए। हमारे स्कूल की बड़ी उस्तादनी ने बंती की फ़ीस माफ़ कर दी और यों उसे स्कूल न छोड़ने दिया।

सातवीं और आठवीं कक्षा की लड़कियां देखने में एक साथ एक कमरे में बैठती थीं, पर आधी छुट्टी के समय आठवीं की लड़कियां हम सातवीं की लड़कियों को पास नहीं फटकने देती थीं। हमेशा अलग होकर बातें करती रहतीं। हम सातवीं की लड़कियां जब उनके निकट आतीं, तो वे हमें दूर हटा देतीं। हमें आठवीं की लड़कियों पर गुस्सा आता था और हम सोचती थीं कि हम जब आठवीं में होंगीं, तो सातवीं की लड़कियों के साथ कभी इस तरह नहीं करेंगी।

और फिर हम आठवीं कक्षा में चढ़ीं। गर्मियों की छुट्टियों के बाद जब स्कूल खुले, हमसे भी वही बात हो गई, जो हमने सोचा था कि हम कभी नहीं करेंगी। यह तेरहवां-चौदहवां वर्ष पता नहीं कैसा होता है ! यह शायद एक देहलीज़ होती है, बचपन और जवानी के बीच में। इस वर्ष लड़कियों का एक पांव देहलीज़ के इधर और एक पांव देहलीज़ के उधर होता है।

इन गर्मी की छुट्टियों में बंती को एक पड़ोसी लड़का सवाल समझाता रहा था। हर रोज़ छुट्टी के समय बंती हमें छिप-छिपकर उसकी बातें सुनाया करती थी। अब हम आठवीं की लड़कियां आधी छुट्टी के समय सातवीं की लड़कियों को पास नहीं फटकने देती थीं।

जिस दिन बंती हमें उस लड़के की बात न सुनाती, हमें ऐसा लगता, जैसे उस दिन स्कूल में आधी छुट्टी हुई ही नहीं थी।

"मेरी तो हंस-बोल लेने की प्रीत है और मुझे क्या लेना है उससे और उसने क्या लेना है मुझसे ?" कभी-कभी बंती हमें इस तरह कहकर टालने लग गई थी।

बंती लाख टालती, पर उसके चेहरे से हमें प्रतीत होने लगा था कि वह हंस-बोल लेने की प्रीत अब बंती के कंठ से होकर उसके दिल में उतरने लग गई थी। तभी तो अक्सर उसकी जबान खुश्क हो जाती और वह ज़्यादा बातें नहीं कर पाती थी।

एक दिन उस पागल ने अपने हाथ में पेंसिल पकड़ी और गणित की कॉपी पर कोई बीस जगह उसका नाम लिख दिया–'राजू...राजू...राजू।' हमारी उस्तादनी ने उसकी कॉपी देख ली। कक्षा में तो उसे कुछ न कहा, पर जब आधी छुट्टी हुई, तो उसे अपने कमरे में बुलाया और कमरे का दरवाज़ा बंद कर लिया। बंती की मानो शामत आई हुई थी, पर हम तो बंती की सहेलियां थीं। हम सबके चेहरे उतरे हुए थे। काफ़ी समय के बाद जब बंती बाहर आई, तो रो-रोकर उसकी आंखें लाल हो चुकी थीं। कॉपी पर जहां-जहां राजू का नाम लिखा था, उस्तादनी ने रबर से उसे मिटा दिया था।

आठवीं कक्षा जब एक नाव की तरह वार्षिक परीक्षा के किनारे लग गई, तो सभी लड़कियां यात्रियों की तरह ही एक-दूसरे से अलग हो गईं। हमारा यह स्कूल आठवीं कक्षा तक ही था। बहुत-सी लड़कियां अलग-अलग स्कूलों में दाख़िल हो गईं। बंती सिलाई स्कूल में चली गई।

दो साल बाद मुझे बंती के विवाह का कार्ड मिला और लड़कियों को भी गया होगा। मैंने जल्दी से कार्ड पर लड़के का नाम पढ़ा, लिखा था–'कर्मचंद'।

कार्ड पर 'राजू' के बजाय यद्यपि 'कर्मचंद' लिखा हुआ था, तो भी वह विवाह का कार्ड था, और हर एक को विवाह की बधाई लेने का हक़ होता है, मैं तो बंती के विवाह पर गई, उसे बधाई देने के लिए।

बंती के हाथों में मेहंदी, बंती की बांहों में कलीरे। मैंने बंती को बधाई दी। मैं बंती की उस हंस-बोल लेने की प्रीत के बारे में कोई बात नहीं करना चाहती थी, पर कुछ देर बाद वही मुझे एक तरफ़ ले गई और बोली, "मेरी एक

चीज़ संभालकर रख लोगी ?"

"क्या ?"

"एक रूमाल।"

मुझे यह पूछने की ज़रूरत नहीं थी कि रूमाल किसका है। रूमाल राजू का ही हो सकता था।

"इसमें ऐसी कौन-सी बात है। रूमाल तुम अपनी और चीजों के साथ ही कहीं रख लो न !"

"पर उसके एक कोने में उसका नाम लिखा हुआ है।"

"किसी को क्या पता, वह किसका नाम है ?"

"सिर्फ राज लिखा होता—कोई देखता, पूछता, तो मैं कह देती, मेरी सहेली का नाम है, पर 'राजू' लिखा हुआ है। राजू तो लड़कियों का नाम नहीं होता !'

"किस चीज़ से लिखा हुआ है ?"

"उसने एक दिन पेंसिल से लिख दिया था। मैंने सुई लेकर धागे से कढ़ाई कर दी !"

"धागा उधेड़ डालो !"

"उधेड़ डालूं ? यह तो मुझे ख्याल ही नहीं आया !" बंती ने एक लंबी सांस भरी। कहने लगी, "तुम्हें याद है, एक दिन हमारी उस्तादनी ने रबर लेकर मेरी कॉपी में से उसका नाम मिटा डाला था ? आज मैं उसी तरह से उसका नाम उधेड़ देती हूं।"

मेरा मन भर आया। बंती ने मेरे सामने ट्रंक में से सुर्ख़ रेशमी रूमाल निकाला और सूई लेकर उस पर कढ़ा राजू का नाम उधेड़ने में लग गई। बंती ने ही तो उसका नाम काढ़ा था। बंती ही की कॉपी पर से उसकी उस्तादनी ने राजू का नाम मिटा डाला था। विवाह के कार्ड पर समाज ने राजू का नाम न लिखने दिया और आज वही बंती मेहंदी लगे हाथों से रूमाल पर से उसका नाम उधेड़ रही है।

"चलो, छोड़ो अब इन बातों को। तुम ख़ुद तो कहा करती थीं, 'यह हंस-बोल लेने की प्रीत'..."

"सोचा तो यही था, पर हंस-बोल लेने का प्यार मेरी हड्डियों में समा गया है। लहू में रच गया है।" बंती की आंखें भर आईं।

"सुना है तुम्हारे ससुरालवाले बहुत अमीर हैं ! अच्छे कर्मोंवाली हो तुम ? उसका नाम भी कर्मचंद...।" कितनी देर बाद मैंने बात को मोड़ा।

"नामों से भी कर्म बनते हैं ?" बंती ने सिर्फ़ इतना ही कहा।

"कभी चिट्ठी लिखा करोगी, या शाहनी बनकर हम सबको भूल जाओगी ?"

"कहीं भूलना अपने बस में होता है !" बंती ने एक लंबी आह भरी। इस समय भी शायद उसके मन में सहेलियों का ख़्याल नहीं था, सिर्फ़ राजू का ख़्याल था।

"राजू को तुम चाहे भूलो, न भूलो, पर चिट्ठी तो तुम उसे लिख नहीं सकोगी। हमें कभी-कभी लिख दिया करना, चाहे चिट्ठी में राजू की ही बातें लिखना।"

"अच्छा, कभी-कभी मन की भड़ास निकाल लिया करूंगी, पर एक बात है।"

"क्या ?"

"तुम मुझे उसकी बात कभी न लिखना। पता नहीं वे लोग कैसे हैं ! बिल्कुल गांव में रहते हैं। सुना है, चिट्ठी भी वहां हफ़्ते दो हफ़्ते में दो बार जाती है। पते पर ज़िला, तहसील, डाकख़ाना, गांव और न जाने क्या-क्या लिखना पड़ता है ! शायद वे लोग मेरी चिट्ठी को पढ़कर ही मुझे दिया करेंगे !"

बंती को ससुराल गए आज पंद्रह वर्ष हो गए हैं। पहले चार-पांच वर्षों में उसने मुझे कुछ पत्र लिखे। ज़्यादा नहीं, पर जितने भी लिखे, उनमें उसके मन की भड़ास थी। मैं बंती को हमेशा जवाब देती रही, पर उसके कहने के मुताबिक़ सिर्फ रस्मी

क़िस्म के ही जवाब उसके पास पहुंचते रहे। कभी उनके मन की बातों का जवाब नहीं लिखा।

फिर दस वर्ष, बंती को पता नहीं क्या हुआ, उसने मुझे कोई पत्र न लिखा। मैंने समझा, अब वह अपने परिवार में खो गई होगी। मैंने भी कभी उसे पत्र न लिखा। सोचा, कहीं मेरा पत्र उसकी किसी सोई हुई पीड़ा को न जगा दे।

पर आज बंती का अचानक पत्र आया है। पता नहीं यह कैसा पत्र है ! इसमें सिर्फ़ उसके मन की आवाज़ नहीं, इसमें जैसे हर स्त्री के मन की आवाज़ें हो !

मेरा मन भरा हुआ है। उसने मुझे जवाब देने से रोका है, नहीं तो मैं आज उसे बहुत लंबा पत्र लिखती और मेरा मन हलका हो जाता।

आज मैंने उसके सारे पुराने पत्र निकाले हैं (बीच के दो-तीन पत्र नहीं मिल रहे) और आज का पत्र भी सामने रखा हुआ है। एक बार सारे पत्रों को पढ़ रही हूं। एक स्त्री के मन की आवाज़...!

... !

कैसा गांव है ! जो आज का काम, वही कल का काम। यह पता नहीं लगता कि आज कौन-सा दिन है ! सिर्फ़ जब गांव में डाकिया आता है, तो पता लगता है कि आज मंगलवार है, या शनिवार। यहां पूरे हफ़्ते में दो बार डाकिया आता है, जैसे शहरों में तेल-तांबा मांगनेवाले हफ़्ते में दो बार आते हैं।

जब डाकिया आता है, मुझे ऐसा लगता है, मानो वह कह रहा है, 'मंगलवार, टले भार तेल-तांबे का दान !' या 'शनिवार, टले भार तेल-तांबे का दान !' पर वे लोग पता नहीं कैसा तेल-तांबे का दान करते हैं, जिन्हें उनके मित्रों के पत्र आते हैं। मैं किसके पत्र के लिए डाकिए का रास्ता देखूं !

अच्छा, तुम्हीं मुझे दो शब्द लिख देना। कोई बात न लिखना पत्र में। बस, इतना ही कि तुम्हें मेरा पत्र मिल गया। मैं इतनी बात के लिए ही डाकिए का रास्ता देखूंगी।

तुम्हारी
बंती

... !

तुमने बारात में मेरा ससुर देखा था, ख़िज़ाब-रंगी दाढ़ीवाला ! अगर तुम मेरी सास को देखो, तो सच कहती हूं, हैरान रह जाओ ! सास तो क्या, अभी वह पुत्रवधू भी नहीं लगती, बिलकुल क्वांरी लगती है। उम्र में वह मुझसे तीन-चार वर्ष ही बड़ी होगी, पर शारीरिक तौर पर बहुत कोमल है, पतली-सी लचकती हुई हिरनी जैसी। चाहे वह मेरी सौतेली सास है, पर है तो सास ही न ! अगर वह मेरी सास न होती, तो सच कहती हूं, उसे अपनी सहेली बना लेती।

आज मंगलवार था। डाकिए को आना था। मुझे ख़्याल आया, शायद तुम्हारा पत्र आए। में दरवाज़े में खड़ी होकर डाकिए का रास्ता देखने लगी। मेरी सास भी मेरे पास आकर खड़ी हो गई।

डाकिया आया। उसने मुझे एक पत्र दिया। मैंने सास के चेहरे की ओर देखा, उसका चेहरा उदास था। ऐसे लगता था, जैसे आज ज़रूर ही किसी का पत्र उसके लिए आना था, पर आया नहीं।

"भाभी, कोई चिट्ठी आनी थी तुम्हारी ?" मैंने उसे इतनी उदास देखकर पूछा।

"मुझे किसकी चिट्ठी आएगी ?" पहले तो उसने यह कहा और फिर कहने लगी, "आनी तो थी एक चिट्ठी, पर आई नहीं।"

"किसकी चिट्ठी ?" मैंने फिर पूछा।

"ईश्वर की चिट्ठी ! और मुझे किसकी चिट्ठी आएगी ?" लगता था, वह अभी रो पड़ेगी, पर वह रोई नहीं, या ऐसा रोना रोई, जो किसी को दिखाई नहीं दिया। देखा, हम स्त्रियां कैसा रोना रो सकती हैं ! कभी-कभी मेरा दिल करता है, मैं भी ज़ोर से रोऊं और वह भी ज़ोर-ज़ोर से रो सके।

तुम्हारी

बंती

... !

सच मानो, जब से यहां आई हूं, मुझे यह घर कभी अपना नहीं लगा। बिल्कुल मेहमान-सी लगती हूं इस घर में। अब इस घर ने मुझे बांध लिया है। एक छोटा-सा राजू आ गया है मुझे बांधनेवाला। घर के सभी लोग उसे दीपक कहकर बुलाते हैं।

शाम के समय काफ़ी ठंडक उतर आती है। मैं एक लाल रेशमी रूमाल उसके सिर पर बांध देती हूं। लाल रूमाल में वह और भी सुंदर लगता है। मैं उसे गोद में लेकर देर तक उसका मुंह देखती रहती हूं।

तुम्हारी
बंती

... !

मेरा राजू तीन वर्ष का हो गया है। तुम्हें अपने मन की बात बताऊं ? कभी-कभी जब मैं राजू के मुख की ओर देखती हूं, तो देखते-देखते उसका मुंह बड़ा हो जाता है। उसका क़द भी बड़ा हो जाता है, जैसे मेरा राजू पच्चीस वर्ष का हो गया हो और मैं अभी बीस वर्ष की हूं। देखा, मैं कितनी पागल हूं !

बड़ा शरारती है मेरा राजू। अभी मेरे पास खेल रहा था। अभी रसोई में जा पहुंचा है। गर्म चूल्हे में पानी का गिलास उंडेल दिया है। सारा चूल्हा फट गया है। मेरी सास बेचारी को दिन-भर लगकर बनाना पड़ेगा।

हां, तुम्हें एक बात बताऊं। मेरी सास चूल्हा क्या बनाती है, जैसे कोई बुत तराशती हो। तुमने कहीं ऐसा बांका चूल्हा नहीं देखा होगा ! उसे चूल्हा बनाने का बहुत चाव है। थोड़े-थोड़े दिनों के बाद चूल्हा तोड़कर फिर से बनाने लगती है। जिस दिन वह अंदर का चूल्हा बनाती है, उस दिन मैं बाहर के चूल्हे पर रोटी बनाती हूं। वैसे जहां तक बन पड़ता है, वह खाना पकाने का सारा काम स्वयं ही करती है। जब वह पंद्रह-बीस दिन बाद रसोई का चूल्हा तोड़कर नया बनाने लगती है, उस दिन खाना पकाने के काम को हाथ नहीं लगाती। चूल्हा बनाने का तो उसे कोई ख़ब्त है ! आए दिन मिट्टी गूंधती और साथ में गाती है।

वैसे मैंने कभी उसे गाते हुए नहीं सुना। गाना तो एक तरफ, उसे कभी मन भरकर बातें करते हुए भी नहीं सुना, पर चूल्हा बनाते समय वह ऐसे गाती है, जैसे कोई चरख़ा काते और लंबा गीत शुरू कर दे ! ईश्वर ही जाने उसके मन पर क्या गुज़रती है ! माता-पिता ने भी तो उसकी जवानी से धोखा किया है। हीरे जैसी लड़की को तराज़ू में रखकर चांदी के रुपयों की एवज़ कंकर के पल्ले बांध दिया !

अच्छा, दो शब्द जल्दी लिखना।

तुम्हारी

बंती

... !

तुमने गीतों के बारे में पूछा है, जो मेरी सास गाती है। पूरा गीत उसने कभी नहीं गाया। जब कभी एक टप्पा गाती है, तो घंटा-भर वही गाती रहती है।

आज भी उसने पुराने चुल्हे को तोड़कर नया बनाना शुरू किया है। रसोई का दरवाज़ा अंदर से बंद है। उसकी आवाज़ आ रही है :

'आ रे चंदा ! हाथ सेंक ले !
बिरहा की आग हमने आंगन में जलाई है।'

और मैं तुम्हें पत्र लिखने लग गई हूं। मैं बाहर आंगन में बैठी हुई हूं। उसने कोई और टप्पा शुरू किया, तो मैं तुम्हें लिखूंगी।

दिन ढल चला है। वही टप्पा सारा दिन गाती रही है। आज उसकी आवाज़ भी रुंधी हुई थी। कितनी देर तो उसकी आवाज़ निकली ही नहीं, रुक-रुककर आवाज़ आई है :

'अगर नौकरी पर चले हो, तो हमें जेब में डाल लो।
जहां रात पड़े, हमें निकाल कर कलेजे से लगा लेना'

हां, मुझे उसका एक गीत याद आया है। वह उसने आज तो नहीं गाया

था, पर पहले गाया करती थी :

'आपने न सुख का संदेशा भेजा
न आपने चिट्ठी भेजी है !
किसके हाथ मैं सुख का संदेशा भेजूं,
किसके हाथ मैं चिट्ठी भेजूं ?
लिखने के लिए काग़ज़ नहीं है
क़लम के लिए 'काही' नहीं है
दिल का टुकड़ा मैं काग़ज़ बनाती हूं
और अंगुलियों को काटकर 'काही'
आंखों का काजल स्याही बनाती हूं
और आंसुओं का पानी डालती हूं
परछाइयां ढलने पर चिट्ठी लिखने बैठी हूं
मेरी आंखों में आंसू बरस रहे हैं।

रसोई का दरवाजा अभी भी बंद है। बंद दरवाज़े से भी गुज़र कर मेरा मन उसके मन में समा गया है। इन गीतों में भला कौन-सा गीत है, जो उसके मन का नहीं और मेरे मन का नहीं ?

तुम्हारी
बंती

... !

एक बात मैं तुम्हें लिखना भूल गई थी। मेरी सास को कई दिनों से रोज़ थोड़ा-थोड़ा बुख़ार हो आता है। लाख मिन्नतें करो, वह एक पल के लिए भी आराम नहीं करती।

''भाभी, इस तरह तो डाकिया सचमुच ही एक दिन ईश्वर की चिट्ठी ले आएगा। तुम खुद ही अपनी जान की दुश्मन बनी हो।'' एक दिन मैंने उससे कहा।

पता है, क्या कहने लगी, "तुम्हारा मुंह मीठा करूं, अगर सचमुच ही कोई डाकिया उसकी चिट्ठी ले आए !" सच कहती हूं, उसका दुःख देखकर तो मेरे मन का भी दुःख मामूली बन जाती है।

ये इतने वर्ष बीत गए ! मैंने जान-बूझ कर ही तुम्हें कोई पत्र नहीं लिखा। वैसे तुम्हारे नए शहर का पता मैंने ढूंढ लिया था। पता है, जब कभी मैं तुम्हें पत्र लिखने की सोचती थी, तो मुझे लगता कि अगर मैंने तुम्हें पत्र लिखा, तो पता नहीं कौन-सी यादें मुझे चारों ओर से घेर लेंगी ! तब तो मैं कई दिन होश न संभाल सकूंगी। मेरे हाथों से चीजें गिरने लगेंगी और तरकारियां जलने लगेंगी। अब तो सारा घर मुझे ही संभालना पड़ता है।

इतने वर्ष मेरी सास रस्सी की तरह बल खाती रही चारपाई पर लेटी हुई, जैसे उसी में खो जाती थी। उसका रंग कपास जैसा सफ़ेद हो गया था।

तुम्हें याद है , या नहीं ! एक बार मैंने तुम्हें लिखा था कि मेरी सास मिट्टी का चूल्हा क्या बनाती है, मानो कोई बुत तराशती हो। आए दिन पुराना चूल्हा तोड़कर नया चूल्हा बनाने का उसका ख़ब्त बीमारी में भी नहीं गया था। मैं उसे ज़्यादा रोकती नहीं थी। जिस दिन वह मिट्टी गूंधती थी, उस दिन उसमें पता नहीं कहां से जान आ जाती थी !

लगभग पंद्रह दिन की बात है, उसे ख़ून की उलटी आई थी। तब न तो हमें उसके जीने की आशा थी, न स्वयं उसे ही। दिन के समय मेरा देवर हकीम को बुलाने गया (मेरे ससुर का स्वर्गवास हो चुका है), तो मेरी सास ने मुझे अपने पास बुलाया, बोली, "मेरा कहना मानोगी !"

"बताओ भाभी, जो कुछ भी हो ?" मेरा मन छलक रहा था। मैं उसकी चारपाई से सिर टेककर रोने लग गई थी।

"पगली कहीं की ! रोती क्यों है ? मैं तो एक-एक मिनट करके राह देख रही हूं कि कब यह प्राणों का पिंजरा टूटे, कब मेरी रूह आज़ाद हो जाए !"

"बताओ भाभी, क्या कहती हो ?"

"तुम मुझे मिट्टी गूंध दो...!"

"पागल हो गई हो ? सांस तुम्हारे टूट रहे हैं..."

"मुझे पता है, तभी तो कह रही हूं। आख़िरी बार, बस एक बार। वरना अभी वह सड़ियल हकीम आ जाएगा।"

"भाभी, तुमने दुनिया के सारे मोह तोड़ डाले हैं। दुनिया से तुम्हारा मोह कभी हुआ ही नहीं, न ही तुम्हें रुपए-पैसे से प्यार, न तुम्हें अपनी जान की परवाह, फिर तुम्हें इस चूल्हे से ऐसा मोह क्यों ?"

"चूल्हे के नीचे मैंने कुछ दबाया हुआ है", मौत के बिस्तर पर पड़ी मेरी सास हंसी और कहने लगी, "तुम यह न समझना कि मैंने मोहरों की हांडी दबाई हुई है।"

"भाभी, तुम्हारा दिल मुझसे छिपा नहीं है। जिस घर में तुम्हारा मन भर गया है, उस घर में तुम मोहरें क्यों दबाओगी ? और मुझे भी मोहरों से कोई मोह नहीं !"

"यह मुझे पता है, तभी तो मैं तुम्हारे..."

"जो मन में है, कह दो, भाभी ! मैं तुम्हारी पुत्रवधू हूं, बेटी भी हूं, और तुम्हारी सहेली भी तो हूं !"

भाभी आंखों से रोई और होंठों से कहने लगी, "कभी-कभी मैं तुम्हें कहा करती थी न कि आओ तुम्हें दाने भून दूं, मैं बहुत बड़ी भटियारिन हूं !"

"हां, भाभी, मुझे याद है, पर मुझे ख़्याल था कि तुम यों ही मज़ाक़ किया करती थीं। तुम भला भटियारिन कैसे हुईं ?"

"नहीं, बंती, मैं सचमुच भटियारिन हूं, किसी भट्टीवाले की भटियारिन। तुम अभी वह चूल्हा उखाड़ो, तो तुम्हीं नीचे की ईटें भी उखाड़ देना। कच्ची मिट्टी से ही लीपी हुई हैं।"

"नीचे क्या है ?"

"छलनी—मेरे भटियारे की निशानी और साथ में एक अंगूठी भी—वह भी उसी की निशानी !"

और भाभी ने अपनी उखड़ रही सांसों से मुझे बताया कि उन्हें अपने गांव के एक लड़के से प्यार था। मोती नाम था उसका। माता-पिता को नक़ली ही मोती पसंद आया। उन्होंने बेटी को कौड़ियों के मोल बेच दिया। विवाह को कुछ ही महीने हुए थे कि उदास मोती ने भटियारा बनकर उसके ससुराल के गांव में भट्ठी शुरू कर दी।

जब मेरी सास (रूपो नाम था उसका) दाने भुनाने गई, तो मोती को भटियारा बना देख, जैसे उसकी भट्ठी में खुद ही भुनने लग गई।

मोती ने जो क़दम उठाया था, उससे भला क्या बनता-संवरता ? और रूपो का भी क्या संवरता ? एक दिन रूपो उसके पांवों पर गिरकर रोई, 'तुम्हें मेरी क़सम है, जो तुम अपनी यह हालत बनाओ ! भुने हुए बीज अब उगेंगे नहीं।' उसी दिन रूपो ने उसकी भट्ठी तोड़ डाली। कड़ाही उससे उठाई नहीं गई, सो वह छलनी ही उठा लाई और उसे हुक्म दे आई कि अपने गांव वापस लौट जाए।

मोती न उसकी कसम लौटा सका और न उसका हुक्म टाल सका। अपनी अंगूठी, एक निशानी, उसने रूपो को दी और दूसरे दिन पता नहीं कहां चला गया ! मोती भटियारा क्या बना, रूपो को सारी उम्र के लिए भटियारिन बना गया। इसने उसकी छलनी और अंगूठी अपने पास रख ली। अंगूठी पर मोती का नाम लिखा हुआ था। कहां छिपाती ! चूल्हा तोड़कर उसने दोनों चीजें मिट्टी के नीचे दबा दीं और ऊपर नया चूल्हा बना दिया।

दिन-दिन भर चूल्हे के पास बैठकर वह रोटियां क्या पकाती, जैसे मन के विचारों को बेलती-सेंकती रहती। कभी-कभी उसका दिल बहुत ही उदास हो जाता। वह चूल्हा तोड़ देती, उसकी निशानियों को गले लगाती रोती और गाती, फिर उसी तरह दोनों निशानियों को धरती के हवाले कर देती और ऊपर नया चूल्हा बनाकर उनकी रखवाली के लिए बैठी रहती।

भाभी की यह कहानी खत्म हुई, तभी उसकी सांस ख़त्म हो गई। उसे ख़ून की एक और उलटी आई और प्राणों का पिंजरा टूट गया, पंछी उड़ गया।

जितने वर्ष भाभी प्राणों के पिंजरे में बंद थी, मोती की अंगूठी कभी अपनी अंगुली में नहीं पहनी। जब उसकी रूह आजाद हो गई, तब मैंने चूल्हे को उखाड़ा और अंगूठी निकालकर उसकी अंगुली में डाल दी।

मैंने ही उसे नहलाया था, मैंने ही उस पर कफ़न डालना था। इसलिए मुझे डर नहीं था कि कोई उसके हाथ में पड़ी हुई अंगूठी पर मोती का नाम पढ़ लेगा और जब तक दूसरे दिन लोग उसके फूल चुनते, उस अंगूठी पर से उसके मोती का नाम मिट ही जाना था !

छलनी मैंने अभी वैसे ही चूल्हे के नीचे रहने दी है। अगले महीने मेरी मां हरिद्वार जा रही है और मैंने अपने पति को मना लिया है कि मैं चार दिन को मां के साथ जाऊंगी। वहां भाभी के फूलों को बहा दूंगी। आगे तुम समझ ही गई होगी। किस तरह ट्रंक में छलनी रखकर ले जाऊंगी और उसके फूल छलनी में डालकर लहरों में बहा दूंगी !

ओ, मेरी सहेली ! मेरी अपनी सहेली !! आज तुम्हें न लिखूं तो ओर किसको लिखूं ! मैंने भी अपनी यादों को आज ढूंढ-ढूंढकर देखा है, एक सुर्ख़ रूमाल उनके नीचे संभाल कर रखा हुआ है। चाहे कोई बंती हो, चाहे कोई रूपो या चाहे कोई और; किसने अपने मन की तहों में कोई रूमाल या कोई अंगूठी नहीं दबाई हुई होती !

हम अभागिनें, जो किसी से प्यार करती हैं, जन्म से भटियारिनें हो जाती हैं। दिल की भट्टी पर अपनी सांसों को दानों की तरह भूनती हैं और यादों की छलनी में से वर्षों रेत छानती हैं।''

तुम्हारी
बंती
एक भटियारिन

वह मेरी निम्मी

उठती जवानी में जो सहेलियां बनती हैं, अक्सर ज़िंदगी से खो जाती हैं। उनके ससुराल जाने किस-किस दिशा से आते हैं कि फिर वे दिशाएं भी नहीं मिलतीं, लेकिन वह दोस्ती ज़िंदगी का पहला-पहला अनुभव होता है, उसके तार कहीं मन से जुड़े रहते हैं। कभी अचानक याद आ जाएं, तो बीते हुए बरस लौट आते हैं और लगता है, वह कहीं आस-पास हैं—उन्हीं में से एक निम्मी थी, मेरी निम्मी ! आज भी उसे याद करूं, तो होठों पर आ जाता है—कमबख़्त निम्मी...!

उसकी बात यहां करनी होगी कि उसकी बात कहानी नहीं थी। बरसों पहले मैंने बात को कहानी का नाम दिया था, आज बता रही हूं कि वह कहानी नहीं थी...

बुत या चेन

मुझे फ़िल्मों का नाम अच्छी तरह याद नहीं, पर बात बड़ी अच्छी तरह याद है। तब मैं कॉलेज में पढ़ती थी। शहर में दो अच्छी फ़िल्में चल रही थीं। हम पांच-छः लड़कियों ने मिल कर उस दिन फ़िल्म देखने की सोची, पर हममें से कुछ लड़कियां जिस फ़िल्म को देखने के हक़ में थीं, दूसरी लड़कियां उस फ़िल्म को छोड़कर दूसरी फ़िल्म देखने के हक़ में थीं और हम फैसला नहीं कर पा रही थीं कि हम दोनों फ़िल्मों में से कौन-सी फ़िल्म देखने जाएं। बहस बढ़ती जा रही थी। एक फ़िल्म शायद 'लेडी हैमिल्टन' थी, या 'गोन विद द विंड' थी और दूसरी फ़िल्म

'ए टेल ऑफ टू सिटीज़' थी। कुछ लड़कियां एक फ़िल्म की कहानी को सराह रही थीं और कुछ लड़कियां दूसरी फ़िल्म की तारीफ़ कर रही थीं। यह बहस बढ़ते-बढ़ते यहां तक पहुंच गई कि दोनों पक्षों के लिए हतक-इज़्ज़त का सवाल बन गया। सब लड़कियां अपनी-अपनी जज़्बाती ज़िद पर अड़ी हुई थीं कि निर्मला ने इतमीनान से कहा, "सुनो ! हम टॉस क्यों न कर लें ?" और जेब में से चांदी का एक रुपया निकाल कर बोली, "बोलो, बुत किसका है और चेन किसकी ?" हम सब लड़कियों को एक मिनट के लिए निर्मला की बात बड़ी अजीब लगी, पर फिर हमें मन-ही-मन लगा कि ऐसा करने से दोनों पक्षों की बात रह जाएगी, किसी को भी दूसरे के आगे झुकना नहीं पड़ेगा। जिसने बाज़ी जीत ली, उसकी जीत भी क़िस्मत के हाथ और जिसने बाज़ी हार दी, उसकी हार भी क़िस्मत के नाम...और निर्मला ने जब रुपए को ज़मीन पर गोल घुमाकर एक फ़िल्म देखने का निर्णय कर दिया, तो यह फैसला हम सब लड़कियों ने मंज़ूर कर लिया।

एक बार फिर यही हुआ। हम सब लड़कियों ने पिकनिक का इरादा किया। यह फैसला बड़ी जल्दी हो गया कि कौन-सी लड़की अपने घर से आलुओं के परांठे बनाकर लाएगी और कौन-सी लड़की गोभी वाले परांठे। पूरी-छोले कौन-सी लड़की लाएगी और कौन-सी लड़की फल लाएगी और साथ ही चाय का इंतजाम किसे करना था, पर पिकनिक पर जाने की सारी तैयारी धरी रह गई, क्योंकि हम फ़ैसला न कर सकीं कि हम ओखला जाएं या कुतुब। बहस फिर बड़ी जज़्बाती हो गई थी। यहां तक कि कहीं भी जाने के उत्साह की जगह सबमें अपनी बात रखने का उत्साह ही रह गया था। उस दिन भी निर्मला ने फ़ैसले की वही तरकीब निकाली, जो कुछ दिन पहले फ़िल्म के लिए उसने निकाली थी।

और फिर...मुझे याद है, हमारे कॉलेज की एक प्रोफ़ेसर मिस वर्मा का विवाह होना था। हम सब लड़कियों ने विवाह में एक तोहफ़ा देने की बात सोची। हम सबने सोचा पांच-पांच रुपए मिलाएं। रुपए इकट्ठे हो गए, पर यह फ़ैसला नहीं हो रहा था कि तोहफ़े में हम घड़ी ख़रीदें, या एक बढ़िया पैन। उस दिन हमें अधिक बहस करने की ज़रूरत नहीं पड़ी, सब लड़कियों के मुंह से सहज ही निकला कि 'निम्मी-स्टाइल' इस्तेमाल कर लें। बुत आए, तो घड़ी ख़रीद लें, चेन आए, तो पेन ख़रीद लें। निर्मला को हम सब लड़कियां निम्मी कहकर बुलाती थीं। उस दिन से हर फ़ैसले के तरीक़े का नाम पड़ गया—'निम्मी-स्टाइल'। धीरे-धीरे हमारे कॉलेज में यह 'निम्मी-स्टाइल' फ़ैशन के रूप में चल निकला।

"निम्मी, तुम सारे फ़ैसले इसी तरह करोगी ?" एक दिन मैंने निर्मला से पूछा।

"हां।"

"सारे फ़ैसले ?"

"आज सवेरे मेरा छोटा भाई दूध नहीं पी रहा था। वह चाय मांगता था और मां चाय देना नहीं चाहती थी। दूध का गिलास ठंडा हो रहा था। मैंने उसे इस बात पर मना लिया कि अगर बुत आएगा, तो दूध पिएगा और अगर चेन आए, तो वह चाए पिएगा। मैंने रुपए को उसके सामने रखकर घुमाया। बुत ऊपर आ गया और वह चुपचाप दूध का गिलास पीने लगा," निर्मला ने हंसते हुए कहा, "कितना आसान तरीक़ा है।"

"तुम अपने विवाह का फैसला भी इसी तरह करोगी ?" मैंने निर्मला से मज़ाक़ किया।

"इसी तरह करूंगी और किस तरह करूंगी ? कौन सोचों में पड़ा रहे।"

मैं उस दिन निर्मला के मुख की तरफ़ देखने लगी थी। एक ओर मैं सोच रही थी कि निर्मला कितनी 'नॉन-सीरियस' लड़की है और दूसरी ओर मैं सोच रही थी कि उसने ज़िंदगी की हर मुश्किल को कितने आराम से आसान बना लिया था।

फिर सुना कि निर्मला के पिता जी ने निर्मला के विवाह के लिए एक लड़का पसंद कर लिया था। मैंने निर्मला से पूछा, उसने बताया था कि उसे सचमुच लड़के के बारे में कुछ भी पता न था।

"तुम उससे एक बार मिलोगी भी नहीं ?"

"क्या करूंगी मिलकर ?"

"दूर से देखोगी भी नहीं ?"

"क्या करूंगी देखकर ?"

मेरे मन में अपने होने वाले ख़ाविंद के बारे में कई तरह के नक्शे उभरते थे, कई तरह के सपने बनते थे और मेरा ख़्याल था कि हर जवान लड़की के मन में इस तरह ही होता होगा, पर मैं हैरान थी कि यह निर्मला कैसी थी ! या

तो यह लड़की नहीं थी, या जवान नहीं थी, पर निर्मला लड़की भी थी और जवान भी। सुंदर भी बेहद थी, फिर वह किस तरह ऐसा कह सकती थी !

मुझे एक दिन निर्मला की मां ने बुलाया। मैं उसे 'मौसी जी' कहा करती थी। उसने मुझसे निम्मी के विवाह की बात की और मैंने अपने मन का सारा रोष अपनी इस 'मौसी जी' पर उंडेल दिया, "यह कहां का ढंग है, मौसी जी, निम्मी कॉलेज में पढ़ी-लिखी है। आख़िर उसके भी सपने होंगे। उसे सारी उमर जिस आदमी के साथ गुज़ारना है, आपने उसकी शक्ल भी उसे नहीं दिखाई। एक अपढ़ लड़की की तरह मुंह-सिर लपेटकर उसे डोली में डालने जा रही हो। अगर आपको ऐसी बेटी मिल गई है, जो आपके सामने ज़बान नहीं खोलती, तो इसका मतलब यह नहीं कि..."

निर्मला की मां ने मेरी बात बीच में ही काट दी और मेरी पीठ दुलार कर बोली, "बेटी, क्या मैं नाबर हूं किसी बात से ? निम्मी जो कुछ कहे, मैं वही उसके आगे हाज़िर कर दूं। अगर उसे नामंज़ूर हो, तो दरवाज़े पर आई बारात लौटा दूं। मुझे तो न कोई जाति का भरम है और न बड़े घर का लालच, पर वह कुछ कहे तो सही। वह तो कहती ही नहीं कुछ। मैंने तुम्हें इसीलिए बुलाया है कि यह लड़के की तस्वीर उसे दिखा दो। मेरे कहने पर तो उसने देखी भी नहीं।"

"तस्वीरों से क्या पता लगता है, मौसी जी, तस्वीर में तो काले भंवरे भी गोरे गुलाब दिखते हैं। ...और साथ ही किसी का मन तस्वीरों में मिल सकता है ? जब तक कोई बातें करके न देखे..."

"बेटी, मैं कब इनकार करती हूं ! निम्मी उससे मिलना चाहती है, तो मैं उसे आज ही बुला देती हूं।"

जो कुछ निर्मला की मां ने कहा, मुझे बिल्कुल उम्मीद नहीं थी कि वह इस तरह कहेगी। इसलिए मेरा सारा गुस्सा उससे टल कर निर्मला पर बरस पड़ा। मैंने निर्मला के कमरे में जाकर तस्वीर उसके आगे फेंक दी और गुस्से में कहा, "ले, कर ले अपनी क़िस्मत का फ़ैसला, अगर इसी तरह करना है तो !"

निर्मला ने तस्वीर से मुंह घुमा लिया और अपने सिरहाने के पास रखा हुआ चांदी का रुपया हाथ में लेकर घुमाने लगी, "अगर बुत आया, तो हां समझना, चेन आए तो नहीं।" रुपया कुछ चक्कर काटकर ज़मीन पर टिक गया। ऊपर

की तरफ बुत था। निर्मला ने एक नज़र रुपए पर डाली और मुस्करा कर बोली, "ले, मैं क्या करूं ? बुत आ गया है। हां तो हो ही गई।"

मन में आया कि बुत उठाकर निर्मला के सिर में दे मारूं और कहूं, "जा फिर मर जाकर। अगर वह कहीं बुरा-भला निकल आया, तो सारी उमर उसके सिर को भी रोती रहना और इस बादशाह के सिर को भी।" उन दिनों चांदी के रुपए पर 'किंग एडवर्ड' की तस्वीर होती थी।

निर्मला का विवाह हो गया। विवाह के समय मैं ख़ाविंद मिस्टर कपूर को जितना देख पाई, देखा कि एक बड़े सरकारी अफ़सर की तरह बड़ा रूखा और घुटा-घुटा-सा आदमी था। शक्ल से अच्छा था, पर मैं समझ नहीं पा रही थी कि निर्मला ग़ालिब की जिन गज़लों को भीगी हुई आवाज़ में गाया करती थी, ख़ासकर उस ग़ज़ल को—यह वो आतिश है ग़ालिब, जो लगाए न लगे और बुझाए न बने—उस ग़ज़ल का क्या होगा ?

पता चला कि निर्मला 'हनीमून' के लिए नैनीताल गई थी। मुझे नहीं मालूम कि नैनीताल जाने के लिए निर्मला ने फैसला किया होगा, या उसके ख़ाविंद ने। मुझे याद है कि निर्मला ने काश्मीर नहीं देखा था, पर जब भी काश्मीर की बात चलती थी, तो निर्मला की आंखों में एक हाउसबोट तैरने लगता था। मैं कितने दिन सोचती रही कि निर्मला हनीमून मनाने के लिए काश्मीर क्यों नहीं गई और नैनीताल क्यों चली गई ? फिर मुझे ख़्याल आया कि निर्मला की अपने ख़ाविंद से ज़रूर यह बात हुई होगी कि वे हनीमून के लिए काश्मीर जाएं या नैनीताल और फिर उसने ज़रूर टॉस किया होगा। काश्मीर को बुत की तरफ़ रखा होगा और नैनीताल को चेन की ओर; और फिर चेन ऊपर आ गई होगी।

कुछ महीने गुज़र गए। न निर्मला ने मुझे कभी ख़त लिखा, न मैंने ही उसे कभी लिखा। एक दो बार मुझे निर्मला की मां मिली। वह बड़ी उदास थी। निर्मला ने अपने मां-बाप को भी ख़त नहीं डाला था। वैसे उन्होंने सुना था कि निर्मला अपने घर में सुखी थी। उनकी कोठी बहुत बड़ी और एकांत में थी। उसके पास तीन नौकर थे और उसके ख़ाविंद ने पिछले महीने एक और गाड़ी ख़रीदी थी ...और फिर एक दिन निर्मला की मां ने मुझे बताया कि निर्मला का पांव भारी था, इसलिए वह इसी सप्ताह निर्मला को दिल्ली बुला लेगी।

यूनीवर्सिटी जाते हुए निर्मला का घर रास्ते में ही पड़ता था। घर के पास

से गुजरते हुए मेरा मन रोज़ दलीलों में पड़ जाता था। एक पैर उसके घर की ओर बढ़ता था और एक यूनीवर्सिटी की तरफ़। मैं समझ नहीं पा रही थी कि अगर मेरे मन में निर्मला से मिलने की इतनी तीव्र इच्छा थी, तो फिर मैं झिझकती क्यों थी ? मुझे लगा कि झिझक ऐसी चीज़ होती है, जो अगर काई की तरह पानी पर जमनी शुरू हो जाए, तो धीरे-धीरे सारे पानी को अपनी हरियाई परत के नीचे ढक लेती है। मैं रोज़ निर्मला के घर के पास से गुज़रती, रोज़ मेरे मन के पानी एक बार हिल जाते और रोज़ हरियाई काई का एक और टोटा उन पानियों की सतह पर बढ़ जाता।

एक दिन निम्मी के छोटे भाई ने मेरे पीछे-पीछे दौड़कर मेरे साथ क़दम मिला लिए और मुझे बताया कि निम्मी दीदी मुझे घर बुला रही थीं।

एकबारगी पानियों पर से काई उतर गई। हाथ छूने की देर थी। उमड़ कर निम्मी के पास गई। निम्मी बोली कुछ न, पर आंखों में जो उलाहना भर कर मेरी तरफ़ देखा, तो मेरी आंखें झुक गईं। उलाहने का क़र्ज़ा उलाहने से बड़ी आसानी से उतारा जा सकता है, इसलिए मैंने निम्मी से कहा कि उसने मुझे पूरा साल-भर ख़त क्यों नहीं लिखा ? मेरे पैर रोज़ सोचों में पड़ते थे, पर मैं रोज़ उसके घर के सामने से पांव लौटा लेती थी। निम्मी ने कोई जवाब न दिया, चुपचाप मेरे उलाहने को झेल गई। हंसकर केवल इतना बोली, ''अगर यही बात थी, तो तुमने वही मेरे वाला तरीक़ा इस्तेमाल कर लेना था...बुत या चेन, या मुझे बिल्कुल मन से बिसार देती, या चुपचाप मिलने आ जाती।''

निर्मला गुलाबी ऊन का छोटा-सा स्वेटर बुन रही थी। मैंने उसके गदराए हुए जिस्म की तरफ़ देखा और हंस कर बोली, ''यह बेटे का स्वेटर है, या बेटी का ? मेरा ख़्याल है कि तुमने टॉस करके यह तो देख लिया होगा कि तुम्हारे बेटा होगा, या बेटी। अगर बुत आए तो बेटा, अगर चेन आए, तो बेटी...''

मेरी बात पर निर्मला हंस पड़ी, पर निर्मला की मां चुप बनी रही। उसने चिंतित आवाज़ में मुझे बताया कि निर्मला की सेहत बड़ी ख़राब थी, उसे दिन ढले हलका बुख़ार हो जाता था। इन दिनों इस तरह बुख़ार हो जाना बड़ा बुरा होता है। वह बच्चे के जन्म के बाद ज़रूर उसे किसी पहाड़ पर ले जाएगी। मां ने बेहद उदास होकर कहा, ''क्या करूंगी...बेटे-बेटियां...? मेरी निम्मो राज़ी हो जाए...''

कुछ दिनों बाद निर्मला के घर एक बेटा जन्मा और सुना कि निर्मला का ख़ाविंद बड़ा खुश था। वह रोज़ अपने दोस्तों को एक दावत देता रहा था, पर निर्मला की मां का मन सूखा हुआ था। निर्मला का बुख़ार उसी तरह निर्मला की हड्डियों में अटका हुआ था। उसका भरा हुआ जिस्म एकबारगी सूखकर चारपाई से लग गया था और उसके मुख पर ज़र्दियां उतर आई थीं।

डॉक्टरों ने बताया कि निर्मला के एक फेफड़े में पानी पड़ गया था, ऑपरेशन होना चाहिए, पर बच्चे के जन्म से निर्मला इतनी कमज़ोर हो गई थी कि कुछ महीने ऑपरेशन नहीं हो सकता था। मैं रोज़ या दूसरे दिन निर्मला के पास जाती, तो कई बार उसके लिए फूल ले जाती। उसकी आंखें पिघल कर मेरी तरफ़ भी देखतीं ओर फूलों की तरफ़ भी, पर उसकी ज़बान कभी नहीं पिघली। जाने क्यों मुझे रोज़ ऐसा लगता कि निर्मला की ज़बान पर कोई बात जमी हुई है...निर्मला के गले में कोई बात जमी हुई है...निर्मला की छाती में कोई बात जमी हुई है...निर्मला के फेफड़ों में कोई बात जमी हुई है...

एक बार मैं निर्मला के पास से उठने लगी, तो उसने मेरा हाथ पकड़ लिया, "मेरा एक काम करोगी ?"

"बताओ ?"

"थोड़े से पैसे तुम्हें ख़र्च करने होंगे मेरे लिए, मेरी तरफ़ से..."

"फिर क्या हुआ ?"

"कल तुम छोटा-सा केक ले आओगी ?"

"जरूर ले आऊंगी..."

"मेरी अच्छी बहन... !"

निर्मला की आंखें जिस तरह के शुकराने में भर आईं, मुझे वह शुकराना बिल्कुल समझ न आया। निर्मला के पास किस बात की कमी थी ! वह मुझ से एक चीज़ मांगती और बत्तीस हाज़िर होतीं। एक केक...एक छोटा-सा केक ...मैं सारा दिन और सारी रात केक की बात सोचती रही...यह कैसा केक था, जिसे ख़रीदने के लिए निर्मला के पास पैसे नहीं थे...

मैंने सुबह उठते ही केक ख़रीदा। कुछ फूल भी ख़रीदे और निर्मला के

पास चली गई।

निर्मला की आंखें दरवाज़े पर टिकी हुई थीं।

"मुझे डर था कि तुम भूल जाओगी।" निर्मला ने जल्दी में कहा और साथ ही मुझे दरवाज़ा भिड़काने का संकेत किया। तकियों का सहारा लेकर निर्मला चारपाई पर बैठ गई। मैंने एक कंबल उसके कंधों पर ओढ़ाया और एक कंबल उसके घुटनों पर रख दिया।

"आज छब्बीस तारीख़ है न ?"

"छब्बीस जनवरी।"

"केक को एक प्लेट में डालकर मेरे सामने रख दो।"

"मैंने कितने ही केक देखे। मुझे नहीं मालूम था, तुम्हें कौन-सा फ़्लेवर पसंद है, चॉकलेट, वनीला, कोकोनट...।"

"तुम जो भी लाई हो, ठीक है। तुम पर मेरा अधिकार है न ! जिसकी दोस्ती पर हक़ हो, उसके पैसों पर भी हक़ होता है। इसलिए मैंने तुम्हारे पैसे ख़र्च किए। मैं तो कुछ कमाती नहीं...इसलिए मेरे पास पैसे नहीं थे...।"

मैंने निर्मला की ओर देखा, वह बोली, "और चीज़ों के लिए मैं मिस्टर कपूर के पैसे ख़र्च कर सकती हूं, पर इस केक के लिए नहीं ख़र्च कर सकती थी..."

मेरा कोई भी लफ़्ज़ निर्मला से कोई बात इस तरह नहीं पूछ सकता था, जिस तरह मेरी आंखें पूछ रही थीं। उसने मेरी आंखों में देखा और बोली, "आज उसका जन्म दिन है !"

"किसका ?"

"अनवर का..."

"अनवर का ?"

मुझे याद आया, मैंने कभी अनवर को देखा था। वह कभी निम्मी का दोस्त था। अधिक बार नहीं, सिर्फ़ दो एक बार मैंने उसे निम्मी के साथ देखा था। निम्मी से मैंने उसका नाम लेकर एक-आध बार मज़ाक़ भी किया था, पर इस बात को बड़े साल हो गए थे। इसके बाद मुझे अनवर की बात भूल गई थी।

"निम्मी, तुम अनवर से मुहब्बत करती थी ?

"फ़िक़रा तो ठीक बोला करो। 'करती थी' तो ऐसे पूछ रही हो, जैसे अब नहीं करती...पर तुम ठीक कहती हो...अब मैं अनवर से मुहब्बत नहीं करती... अब मैं उससे नफ़रत करती हूं..."

"यह नफ़रत का अच्छा सबूत है !" मैंने केक की तरफ़ इशारा किया और हंस पड़ी। यह हंसी उस रोने से ज़्यादा ढीठ थी, जो रोना मेरी आंखों में भर आया था।

"मैंने ग़लत नहीं कहा। मैं दिन में क़रीब दस बार उससे नफ़रत करती हूं। रोटी का एक-एक टुकड़ा मुंह में रखते हुए उससे नफ़रत करती हूं। मैं ज़िंदगी की हर चीज़ ख़रीदते वक़्त उससे नफ़रत करती हूं। मैं सुबह के उगते हुए सूरज को देखकर उससे नफ़रत करती हूं। मैं रात को चांद को देखकर उससे नफ़रत करती हूं। मैं हर फूल को देखकर उससे नफ़रती करती हूं। मैं अपने बच्चे का चेहरा देखकर उससे नफ़रत करती हूं..."

"निम्मी...! निम्मी...!!"

"तू इस नफ़रत को नहीं समझ सकती ?"

"मैं तुम्हारी मोहब्बत को समझ सकती हूं।"

"अगर मोहब्बत को समझ सकती हो, तो नफ़रत को क्यों नहीं समझ सकती। यह रोटी, जो मैं किसी की कमाई हुई खाती हूं, क्या उसे कमा कर नहीं खिलाना चाहिए थी ? वह एक ज़लील आदमी है, बेग़ैरत...मैं हर चीज़ ख़रीदने के लिए एक ग़ैर से पैसे मांगती हूं...हालांकि वह भी कहीं कुछ कमा रहा होगा।"

"निम्मी ! क्या कह रही हो निम्मी ?"

"रोज़ जब सूरज चढ़ता है, रोज़ जब चांद चढ़ता है, मैं सोचती हूं कि मैं उनकी रोशनी में उसका चेहरा क्यों नहीं देख सकती...क्यों नहीं देख सकती ? हालांकि वह इस धरती पर अच्छा-भला है, बेशर्म !"

"ओ, निम्मी !"

"मेरा बच्चा जो आज किसी ग़ैर मर्द का बच्चा है, वह उसका बच्चा हो

सकता था, उसका अपना बच्चा...कम्बख़्त बदनसीब था...मुझे भी उमर-भर के लिए बदनसीब कर दिया।...और वह गीत-कहानियां ? बदज़ात कहा करता था, तुम्हारी भूख सिर्फ़ मेरे जिस्म को नहीं, मेरी रूह को भी है। जब मेरी बीवी बनकर तुम रात को मेरे बिस्तर पर बैठोगी, मुझे ग़ालिब की गज़लें ज़रूर सुनाना...मुझे कीट्स की नज़्में ज़रूर सुनाना...मुझे गोर्की की कहानियां ज़रूर सुनाना... बदनसीब ! उसने यह भी न सोचा कि और कौन-सी औरत उसके बिस्तर में बैठकर गोर्की की कहानियां सुनाएगी और मैं किसी ग़ैर मर्द के बिस्तर में बैठकर किस तरह ग़ालिब की ग़ज़लें पढ़ूंगी। काश्मीर जाकर उसने हाउसबोट में बैठकर मेरे साथ दुनिया-भर की नज़्में पढ़नी थीं...।''

निम्मी के दिल में तूफ़ान उठा हुआ था, पर उसकी आंखें सूखी थीं। उसकी आंखों में एक भी आंसू नहीं था। मुझे लगा कि उसके सारे आंसू मिलकर उसके फेफड़ों में पड़ गए थे। डॉक्टरों ने कहा था कि निर्मला के बाएं फेफड़े में पानी पड़ गया था। यह कोई और पानी नहीं था, उसकी अपनी आंखों का पानी था।

''दिन में मेरे बीस रंग बदलते थे। लगता था कि एक पल में उससे मुहब्बत करती हूं और दूसरे पल नफ़रत ! जैसे एक पल कोई ठण्डे पांव पानी में पड़ा हुआ हो और दूसरे पल गर्म खौलते पानी में, अब मैं रोज़ सवेरे टॉस कर लेती हूं, बुत या चेन। अगर बुत आए, तो मैं सारा दिन उसकी मुहब्बत में भीगी रहती हूं, उसकी छोटी-से-छोटी बात को अपने मन में मोतियों की तरह पिरोए रहती हूं और अगर चेन आ जाए, तो मैं सारा दिन उसको गालियां निकालती हूं। इन गालियों को मैं इस तरह जपती हूं, जैसे कोई एक सौ मनकों की माला लेकर ईश्वर का नाम जपता है—ज़लील कहीं का ! मज़हब की छोटी-सी दीवार भी वह न फांद सका कायर, बुज़दिल...!''

एक बीमार और ज़ख्मी जिस्म के होते हुए भी निर्मला का सिर ऊंचा था। मुहब्बत और नफ़रत की दो परियां निर्मला के कंधों के पास खड़ी थीं, पर दोनों के सिर झुके हुए थे। निर्मला की आंखों में एक भी आंसू नहीं था, पर दोनों आखें आंसुओं में डूबी हुई थीं...

●●●